正しい
勇者の
作方
進九郎
SHINKURO
イラスト:AIKO
HOW TO MAKE THE RIGHT BRAVE

HOW TO MAKE THE RIGHT BRAVE
CONTENTS

「俺は勇者になるよ……。約束だ」

イフ・アイドラ

勇者選抜試験に参加した
勇者候補生唯一の男性。

正しい勇者の作り方

進九郎

ファンタジア文庫

3414

口絵・本文イラスト　ＡＩＫＯ

正しい勇者の作り方

HOW TO MAKE THE RIGHT BRAVE

プロローグ　勇者候補

――これは魔王を討つべく殺し合った勇者たちの物語だ。


およそ六年前、一人の勇者が誕生した。

〈爆炎の勇者〉ブルム・スカーライト。

彼女は人族史上歴代最強の勇者として、国を挙げて称賛される存在だった。

その二つ名に違《たが》わぬ凄《すさ》まじい炎のスキルを操り、どんなに強力な魔族やモンスターであろうと難なく薙《な》ぎ倒《たお》す力を有していた。

そんな真の英雄の姿に、人々は畏敬の念や憧れを抱いていたらしい。

『きっと彼女であれば、魔王を討ち滅ぼしてくれるに違いない』

誰もがそう信じて疑わなかった。

日々、人間領は魔族の侵攻を受け、人族はその恐怖に晒《さら》され続けていたのだった。

もう限界だったのだ。

人々の心も、対抗する戦力も、土地も食料も、何もかもが……

魔族に国や村を滅ぼされ、略奪され、子供が攫《さら》われるなんてことは珍しくもない。
そんな恐怖から、やっと解放されるときが来たのだと人々は安堵《あんど》した。
人族の希望を背負いながら、勇者は魔王城に攻め入った。
やがて、ブルム・スカーライトは魔王と対峙《たいじ》することになる。
しかし……
勇者は魔王を追い詰めるに至ったが、惜しくもあと一歩及ばず敗走。
歴代最強の勇者でも、魔王を討つことは出来なかったのだった。
だが、それでもブルム・スカーライトは人族に大きな希望を与えた。
もう直《す》ぐ、この長きに亘《わた》る戦いは終わるのだと。人々はそう予感していた。
その後も魔族への抗戦は、人間領の各地で続いている。
そんな中、ブルム・スカーライトは魔王戦での負傷を理由に勇者を半ば引退。
よって、次の世代を担《にな》う新たな勇者の誕生が強く望まれていた。
――かつての勇者が偽りの希望であったとも知らずに。
やがて降誕するであろう〝新世代の勇者〟こそ、真の英雄でなくてはならない。
それは、偽りの希望を本物に変える存在だ。
これまでの戦いで失った、同胞たちの犠牲を無駄にしない為《ため》にも。

だから……——

◇

そして、現在。

とある商店にて。

「——だから、〈爆炎の勇者〉ブルム・スカーライトの弟子である俺には、親切にしておくべきだ。ってことで、この上級ポーション安くしてくれ」

ブルム・スカーライトの不肖の弟子を自負する俺は、虎の威を借りて……いや、伝説の勇者の威を借りてポーションの値下げ交渉をしていた。

偉大な師匠に顔向けできないくらい、とても情けない姿だったが、プライドなど金にならないので致し方ない。そういうこともある。

「えっと……、お客さんの名前、なんて言ったっけ？」

「イフ・アイドラだ」

「ブルム様にそんな弟子が居るなんて聞いたことないけどな」

「そりゃ、あいつだって俺みたいなクソ弟子が居るなんて恥ずかしくて言えないだろ」

「恥ずかしい存在である自覚はあるのか……」

と、呆《あき》れた表情で俺を見やる店主のおっさん。

そして、カウンターには目下交渉中の上級ポーションの瓶が置かれていた。

聞くところによると、この商店はライビア王国で最も上質なポーションを販売してくれるらしい。

周囲を一瞥《いちべつ》すれば、店内は少しばかり古臭かったが、魔法に関する道具や武器なんかも豊富に揃っている様子だった。きっと良《い》い店なのだろう。値段以外は。

「つーか、いくら上級ポーションでも一万二〇〇〇ガウルは高くねぇか？　以前はもっと安い相場だった気がするんだけど」

「回復ポーションはどこも時価が上がってるんだよ。ここ最近、また魔族の侵攻が激しくなっているからねぇ」

「まーた魔族のせいかよ……。クソ、こんなことならカジノなんて寄るんじゃなかったな」

「高い買い物する前に、カジノなんて寄るやつ初めて見たよ」

「う、うるせぇな……。倍に増える予定だったんだよ」

せいぜい一万ガウルだけ残しておけば、問題ないと思ってたんだけどな。

これから暫《しばら》く遊ぶ機会なんてないと思って、派手に使い過ぎた。

俺の見立てが甘かったな。

さて、どうしたものか……

「それよりお客さん。珍しい剣を持ってるね。それ売ればポーション代くらいの金にはなるんじゃないかい？　なんなら、うちで買い取ってもいいけど」

店主が俺の腰にぶら下がった剣を指さして言った。

漆黒のグリップと鍔《つば》のついた柄、刀身は長く広いのが鞘《さや》に収められた状態でもよく分かる。

確かに、普段は使わないしデカいから邪魔といえば邪魔なのだが……さすがに手放すわけにはいかないよなぁ……

「悪いけど、こいつを売ることは出来ねぇな」

「じゃあ、上級ポーションは諦めてもらうしかないねぇ」

「い、いや、そこをなんとか……！　どうしても、それが必要なんだ！」

「そんなこと言われても、金がないんじゃ買えないだろう？」

正論過ぎて何も言い返せない。

せっかく師匠の顔に泥を塗ってまで、値下げ交渉していたというのに……！

「あの～、すみません」

「悪いけど、ちょっと今忙しいから後にしてくれ」

「足りない代金、私が出してあげましょうか？」

「だから、今忙し——え、なんて？」

突然のことに驚き、その声がした真横を見る俺。

すると、そこには背の低い、小動物のような少女がこちらを見て佇《たたず》んでいた。

長めの金髪に、落ち着いた青い瞳、ニコニコと微笑《ほほえ》む優しそうな少女だったが、腰には剣が下げられていて、冒険者や戦士の類いであることが窺《うかが》える。

が、その割には随分と軽装備というか……鎧《よろい》のような身体《からだ》を守るものは一切身に着けていない。不思議な雰囲気の少女だった。

「足りないんですよね、お金。だったら、私が出しますよ」

「それは、ありがたいんだけど……なんで、俺にそんなことしてくれるんだ？　見ず知らずの相手だろ……」

俺が問うと、その少女は柔らかな笑みを浮かべながら言葉を続ける。

「ここであなたを助ければ、きっとあとで良いことがある気がするんですっ！」

「なんだよ、それ……。どんな根拠だ……？」

「まあまあ、こっちの話ですよ。それに、困っている人は見過ごせませんからね。なんたって、私は勇者を目指しているので！」

そう言うと、少女はきっちり二〇〇〇ガウルの金貨をカウンターの上に置いた。

俺の持つ一万ガウルと併せて、ちょうど上級ポーションが買える代金だった。

「ホントにいいのか？　こっちは何も見返りなんて出せねぇんだぞ？」

「いいんですよ。ぜひ受け取ってください！　私からの善意です！」

「そ、そうか……」

少しばかり気が引けるが、背に腹は代えられない。

どういうつもりか分からないが、ここは素直に受け取っておくことにしよう。

「ありがとよ。機会があれば、恩は返す」

「はい、そのときは是非お願いしますね～！　ではでは！」

それだけ言い残し、綺麗《きれい》な淡い金髪を揺らしながら少女は商店から出て行った。

勇者を目指している、か……。

恩を仇《あだ》で返すことにならなければいいけどな。

「さっきの彼女、不思議な子だったねぇ」

「ああ、今どき善意だけで行動できるやつなんて珍しいからな」

「それもそうだけど……、どうして、お客さんの不足分が二〇〇〇ガウルだって分かった

んだろうね？　そんなこと一切口に出してなかったのに」

「……そういや、言われてみればそうだな」

単なる偶然か……？

いや、それにしては、さすがに無理があるだろう。

「きっと、ああいう子が勇者様になるんだろうねぇ。やっと、次の勇者選抜試験も始まるわけだし」

「いいや。たぶん、あいつは勇者になれねぇよ」

「そうかい？　立派な勇者の素質を持っていると思うけど……」

「それより、これできっちり一万二〇〇〇ガウルだ。その上級ポーション、売ってくれるよな」

「ああ、それなら文句はないよ。毎度あり」

店主が代金の確認をすると、薬瓶に入った上級ポーションを手渡してくる。

これで必要なものは揃ったか。

あとは……、己の力を示しに行くだけだ。

悪いな、ブルム。

お前の言いつけは、守れそうにない……

いや、よく考えたらハナから守る気もなかったけどな。

ふと脳裏を過《よぎ》るのは、ブルムが俺の前から姿を消したときに言い放った最後の言葉。

『絶対に勇者になってはいけないよ』

――と、そんな言いつけだった。

だが残念なことに、俺は出来の悪い不肖のクソ弟子だ。

憧れは止められない。

魔族に殺されかけていた俺を救ってくれた。

俺に戦う技術を教えてくれた。

本当の家族以上に愛情を注いでくれた。

そんな英雄の姿を自分に求めてしまうのは、きっと仕方のないことだろう。

それに、あいつは俺のせいで……

いや、やめておこう。それより、俺にはやるべきことがある。

俺は上級ポーションを装備の懐《ふところ》に仕舞うと、踵《きびす》を返して店の出入り口に向かった。

そして、扉に手を掛けてから、最後に言い損ねていたことを口にする。

「なあ、店主。上質なポーションのお礼に、一つ教えてやる。勇者になるのは、他の誰でもない――――俺だ……！」

言いながら横目で後ろを見やると、店主の苦笑するような表情が窺えた。

そんな店主に再び背を向け、俺は黙って店を出る。

「ははは、何を言ってるんだか。勇者になれるのは女だけだろ」

扉を閉める瞬間、最後に苦々しい呆れた声が聞こえた。

一章　勇者

ライビア王国、城門前。

都市の中心部にあるそこには、数々の勇者候補生と思われる者たちが集っていた。

見上げれば、空は快晴。

新しい勇者を決める門出に相応《ふさわ》しい晴天と言えるだろう。

俺はここで新しい世代の勇者になる。

その揺るぎない決意を胸に、俺は堂々とライビア王城に足を踏み入れ……端っこの方で存在感を薄めながら選抜試験の受付が始まるのを待っていた。目立ちたくないからな。

王城内を見渡せば、そこかしこに居るのは勇者候補生の〝少女たち〟ばかり。

男である俺がイレギュラーなのは理解しているつもりだ。

そして、勇者になれるのは選抜試験を勝ち残った一人だけ。ならば、不用意に目立ってヘイトを集めることは避けるべきだろう。

能ある鷹《たか》は爪を隠すという。爪の隠し場所が自分でも分からなくなるくらい能のある俺は、何食わぬ顔でひっそりと選抜試験の受付を済ませればいい。

ただ、それだけのこと。

……そのはずだったのに。

「え、ぇぇぇぇぇぇぇぇぇぇぇぇぇぇぇぇぇぇぇぇぇぇぇぇぇぇぇぇッ⁉」

受付嬢の口から驚愕《きょうがく》の声が響き渡った。

勇者選抜試験、受付窓口。

そこで俺は周囲から好奇の的とされることになったのだった。まあ、薄々こうなることは予測していたが……

「ありえない……、本物の勇者候補だなんて……っ！　こんな人が……⁉」

「どーいう意味だコラ」

「っと、失礼しました。男性の勇者候補なんて前代未聞《ぜんだいみもん》だったもので」

そんなふうに取り繕う受付嬢。絶対、建前だけどな。

俺が受付カウンターの前に立ったとき、ジト目で睨《にら》まれて面倒そうに対応されたのは間違いない。

その視線は「男じゃねぇか。こっちは仕事してんだよ。冷やかしならさっさと帰れクソボケカスゴミクズ野郎」と物語っていた。アイコンタクトの精度と言葉の暴力がエグい。

「貴方《あなた》……もしかして、実は女の子だったり……？」

「なんでだよ。性別の方で整合性を取ろうとするんじゃねぇ」

「ですが、男性に勇者の印が発現するなんて前例がありませんから……」

まだ疑いが晴れないのか、受付嬢は頭を悩ませながら俺の手の甲をじっと見つめ続けるのだった。

勇者の印。

一定以上の高い魔力量を持つ者に、自然と浮かび上がる紋様。その有無によって勇者の素質が判断される、という知識は大昔から誰もが知る常識であった。

そして、その常識には付随する情報がある。

〝勇者の印を持つ者は少女に限る〟というものだ。

その証拠に、俺の視界に入る勇者候補は全員が女性、それも歳《とし》は一〇代と思われる少女の姿のみ。

魔力は主に人族では女性に適性があり、場合によっては成長の過程で勇者の印が発現する者が居る。そして、身体の老化と共に印は自然消滅するものだった。

のだが……

まあ、なんというか……色々あった結果、その勇者の印は俺の身体にも現れたのだった。

それはつまり、俺にも勇者になる資質があるということ。

魔力に関しては、周囲に居る勇者候補の少女たちにも劣らない力を俺も持っているということだ。異例のことではあるのだが。

「おいおい、すげーな。こりゃ驚いたぜ……。お前、男なのに勇者の印があるのか。しかも、間違いなく本物だ」

「ん……？」

突然、背後から声を掛けられて振り向く。

そこには一人の少女が佇《たたず》んでいた。

長い灰色髪で、どことなく目つきが悪く、威圧的な表情、さらに背丈も高く、俺と同じくらいの身長をしている。

彼女の持っている武器は……魔道銃剣というやつだろうか。長い銃身の先に、刃物が付いているやつだ。

彼女の登場と共に、周囲に居た勇者候補生たちの囁《ささや》き声《ごえ》が騒がしくなるのを感じた。

「あ、貴方はアリア・シャードラ様⁉」

すると、受付嬢がまた驚きの声を上げたのだった。

「誰……？」

「勇者候補のくせに知らないんですか……⁉　この方は〈弾丸の女王〉アリア・シャード

ラ様です。単独でグズル盗賊団を壊滅させた凄腕《すごうで》の勇者候補ですよ」

「へー、そうなのか」

「はぁ……。貴方、英雄の噂《うわさ》も届かないくらい余程の田舎者なんですね。それか余程の無礼者です」

ま、強いて言えば、どっちもだな。

思えばライビア王国に到着するまで、かつてブルムと共に過ごしていた小さなクソ田舎の村から旅をすること数ヶ月。

ずっとあちこちを回っていたせいで、そういう事情には疎《うと》いのだ。しかしまあ、無礼者はお互い様な気もするが。

「で、なんだか揉《も》めていたみたいだが？」

アリア・シャードラとやらが受付嬢に視線を向けて問うた。

「そ、そうなんです……。勇者の印は本物なのですが、男であることが異例のことで、どう対処していいものか……」

「勇者の印は、その名の通り勇者になり得る素質の証明だ。その判別をするのは性別じゃない。私はそう思うが？」

理路整然と話をする少女に、受付嬢が神妙な面持ちで首を縦に振る。

「なるほど……、確かにそうかもしれませんね。分かりました。〈凍結〉イフ・アイドラの参加資格を認めましょう」

そう言いながら、受付嬢は名簿の書類に俺の名前を記載して印を押すのだった。

なんだか知らないが、こいつに助けられたみたいだ。

「悪いな、助けてもらって」

「べつに構いやしない。それより、お前は面白いやつだな。男の勇者候補なんて前例はないからな。機会があればまた話そう。それじゃ」

「お、おう……」

クールにそれだけ言い残し、灰色髪の少女は長い髪を揺らしながら受付カウンターを去って行った。

見ず知らずの俺なんかを助ける辺り、やっぱり勇者候補らしいやつだな。

とまあ何はともあれ、受付という難関は無事にクリアしたわけだ。

これからは正式に勇者候補生を名乗って、堂々としていられることだろう。

そうして、俺は勇者選抜試験の運営指示に従い、王城内部にある広場に移動して来たのだったが……

「ねえ、どうして一般人が居るのかしら？　ここって勇者選抜試験の会場よね」

「い、いえ、それが……私、受付で揉めているところを見たけど、あの人、本当に勇者候補生なんだって」

「ええっ、あの男が勇者候補生なの⁉　そんなの、あり得ないでしょ……っ！」

白々しい視線を向けられ、少女たちのひそひそ話が俺の耳元まで届く。

広場に着いてからも、ずっとこんな調子だった。

はぁー……、風当たりは厳しいままか。

それなら、せめてもうちょっと端の方に……

「うぎゅ⁉」

突然の何かがぶつかった感触と、小さな悲鳴。

視線を下げれば、背の低い小柄な少女がそこで可愛《かわい》らしく鼻を押さえていた。

涙目になった半目、所々跳ねたくせ毛、気弱そうな表情。

その身には魔法使いのようなローブを纏《まと》い、身長より長いロッドを抱え込んでいる。

が、腰には剣が下がっていることから、やはり勇者らしい独特の雰囲気が感じられた。

「ああ、悪いな。ぶつかったか」

俺からぶつかったのかは定《さだ》かではないが、いちおう謝罪の言葉は入れておくに越したことはない。

どうにもこうにも悪目立ちは避けたいからな。ホントに……

「い、いやー…、私の方こそー……って、ええ⁉　お、おおお男の人⁉」

「まあ、そうだが……」

「ご、ごごごめんなさい！　それじゃ――――！」

という謝罪だけ言い残して、その少女は脱兎《だっと》のごとく逃げ出していくのだった。

……俺、何かしたか？

いやまあ、明らかにそんな感じじゃなかっただろうけど。

「ね、ねえ、今のって〈天災の魔女〉レイン・ジャッカル様よね！　たった一人で、魔族の軍勢からミノド王国を救ったっていう……！」

「レイン様なら私も知ってるわ！　すごい英雄の血筋なんでしょ！」

「でも、あの英雄に謝罪させるなんて、あの人やっぱりヤバくない……？」

「確かに……」

なんでだよ、ちょっとぶつかっただけだろ。それがどうして、こんなメンタル的な大怪《け》我《が》に繋《つな》がってるんだよ……！

よく知らないが、まさか相手が有名人だったとは。

ったく、ついてねぇなぁ。マジで……

なんであれ、居心地が悪りぃ《わ》。どうにかならないものか。

「は……？　はぁああああッ⁉　ど、どうして、この勇者選抜試験に男が……それも平民のドブネズミが居ますの⁉」

「んぁ……？」

これ、もしかしなくても俺のことか？　と、声のした方に視線を向ける。

するとそこには、貴族と思《おぼ》しき家紋入りの鎧《よろい》を纏った少女が、高圧的な態度で佇んでいた。

しかも、しっかり俺の方を見つめて……いや、見下していた。

サイドテールに纏められた綺麗《きれい》な銀色の髪に、翡翠《ひすい》のような瞳、整った顔立ち。

しかし、何より目つきと態度が悪い。育ちが良《い》いのか悪いのか、無駄にプライドが高そうで、尊大な物言いが鼻につく少女だった。

「や、やめましょうよ、お嬢様ぁ……。不用意に喧嘩《けんか》を売るのは良くないですよぅ……」

その後ろ側では、従者のような少女があたふたしながら宥《なだ》めに入っていた。

薄い桃色の髪、気弱そうな瞳、慌てたように歪《ゆが》む口元。

背丈はお嬢様と呼ばれた少女よりもやや低めだったが、胸囲の育ちはこちらの方が良さそうだった。

「ティル！　あなたも勇者候補なら堂々としていなさい！　私に仕える身として恥ずかしくない振る舞いをすることね」

「で、でも……初対面の相手にいきなりドブネズミは失礼ですよぅ……。それに勇者選抜試験では、貴族も平民も関係ないですし……」

「私はただ事実を口にしているだけです。ドブネズミにドブネズミと言っても失礼には当たりませんわ」

「そ、そういうことじゃなくてぇ……。うう、話がまったく通じません……」

などと、二人は俺を無視して話を続ける。

こっちとしては、なるべく目立ちたくないし、このまま話の矛先が変われば都合が良いのだが……よし、このまま立ち去るか。そうしよう。

「じゃ、そういうことで」

「待ちなさい、どこに行く気ですの？　まだ話は終わっていませんわよ」

あー、うん。やっぱダメだったか……。

……しゃーない。

こうなったら、多少目立つことになっても身分を証明するしかないな。

「はぁ……、俺だって正真正銘の勇者候補なんだよ。男だけど勇者の印だってある」

「それ、本当のことですの？」

「ほらよ、これで証拠になるだろ」

右の手袋を外し、俺は手の甲を掲げて勇者の印を見せつけた。

「凄《すご》いですよ、お嬢様っ！　これ、ホンモノです……！　男性で勇者の印が発現するなんて、歴史上でも前代未聞《ぜんだいみもん》のことかと……！」

「確かに、勇者の印は本物のようね……。男の勇者候補なんて初めて見ましたわ。で、でも、勇者候補としての実力はどうなのでしょうね？」

二人とも、俺の持つ勇者の印を目の当《ま》たりにして驚いている様子ではあった。

だが、銀髪のお嬢様は何やら納得がいかないのか、不遜な態度を改めることもなく勝手に話を続ける。

「私は代々ライビア王国を守ってきた英雄貴族の家系である〈幻葬〉アシュナ・ハクヤ。こっちは従者の〈千紫万紅《せんしばんこう》〉ティル・カウスですわ。他にも、この場には名のある勇者候補が居ますが……あなたには、何か成し遂げた偉業があるのかしら？」

「いいや、まったく」

ブルムも俺の存在はひた隠しにしていたみたいだし、名が通っていないのも当たり前だ。

もちろん、戦果など一つも挙げたことはない。

「つまり、そういうことよね。男の勇者候補という極めて異常な特殊性がありながら、まったくの無名。なんであれ男のドブネズミに、勇者の名誉は相応《ふさわ》しくないですわ。さっさと立ち去ることをお勧め致します」

と言って、とてもクソお上品な微笑《ほほえ》みを浮かべながら、アシュナと名乗った少女は指で出口を指し示した。

勇者候補である証明をしても、結局そうなるのかよ……

ったく、面倒なやつに絡《から》まれてしまったものだ。勇者候補が聞いて呆《あき》れるな。

まあ、俺も他人のことをとやかく言えた性格じゃねぇけど。

「やめないか、そこのキミ。勇者が人を性別で差別するものじゃないだろう？　確かに、彼のような存在には私も驚いたけれどね」

突如、凛《りん》とした声が響いた。

俺たちの間を割って入るようにして、黒髪の少女が銀髪貴族の少女を正面から見据える。

長い髪をポニーテールに纏め、誇り高い騎士のような凛々《りり》しい顔立ちと、その立ち振る舞いが特徴的な少女だった。

「なんですの、あなたは？」

「名乗るほどの者じゃないさ。ただ、キミの勇者らしからぬ言動が気になって口を挟ませてもらった。それだけだよ」

「ふぅん、あなたもこの私に楯突《たてつ》こうってわけね……」

「うう……もう、やめてくださいよぉ。どんどん火種が大きくなっていきますぅ……」

んー、なんというか、やけに賑《にぎ》やかになってきたものだ。

だが幸いなことに、周囲の勇者候補たちは選抜試験のことで頭がいっぱいなのか、俺たちには無関心な様子だった。

というか、関心があったところで巻き込まれたくないだろうし普通は距離を取るだろう。

「文句があるならキミは選抜試験で力を誇示すればいい。そうは思わないかい?」

「ふーん……ま、いいですわ。貴女《あなた》のおっしゃる通り、諸々《もろもろ》の決着は試験でつけさせて頂きますので。行きますわよ、ティル」

「は、はいぃ……!」

そして、その貴族様と従者は素直に引き下がるのだった。

またひと悶着《もんちゃく》あるのではないかと危惧していたが、無事に鎮火できたようで何よりだ。

とりあえず、お礼の一つでも言っておくべきだろう。

「ありがとな、仲裁に入ってくれて」

「構わないさ。私は勇者として正しいと思ったことをしたまでだよ。ふふっ」

と、笑いかけてくれる黒髪の少女。

さすが勇者を目指しているだけある。もしや、これが正しい勇者候補の在り方なのだろうか。とてもじゃないが、俺には真似《まね》できねぇな……

「っと、そろそろ選抜試験が始まるみたいだね。向こうで、運営委員が呼びかけているよ」

「ん、ああ、そうみたいだな」

「それじゃあ、またあとで。お互いに頑張ろうね！」

最後にそれだけ言い残し、黒髪の少女はポニーテールを揺らしながら広場の中心部へ小走りで駆けて行った。

なんだろうな、この感じ……

不純な動機で勇者を目指している身からすると、眩《まぶ》し過ぎて直視したくない相手だ。

ある意味、さっきのクソ貴族よりも苦手な相手かもしれない。

助けられておいて、それはどうかとも思うが……、それが俺の本音だった。

「まあ、いいか。それより今は選抜試験だよな」

誰に言うでもなく呟《つぶや》いてから、集合を呼びかける運営委員たちの指示に従い、広場の中心部へと黙って移動していった。

◇

王国広場に勇者候補が集められるとなると、それはもう壮観だった。

右を見ても左を見ても、確かな勇者の素質を持つ者ばかり。

この広い大陸の中で、勇者の印を見ることがあれば奇跡と言われるくらい稀有《けう》な存在らしいが、それが嘘《うそ》のようである。

運営委員の話では、今回の勇者選抜試験に集まった勇者候補生は総勢一〇〇人。

もちろん周囲は異性の少女しか居ないので、俺の威勢も縮こまるばかりだ。

もうちょっとハーレムっぽさを味わえてもいいんじゃないかと思うくらい、俺はアウェーを味わっていた。

まあ、自分自身の異質さは分かっているつもりだ。仕方あるまい。

何気なく周りの少女たちから視線を外し、俺は広場正面にあるそれを眺めた。

そこには塞がれた出入り口用のゲートと、高い壁に囲まれた演説台が見える。

もともと、この場所は歴代の王族が民衆を集め、演説をする際に使われていた大広場だったらしい。

今回はここで最初の試験を受けるのだと、運営側から事前に説明があったことを思い出した。

すると直後、凛とした声が広場全体に響き渡る。

「此度《こたび》はよくぞ集まってくれたわ‼　数多《あまた》の勇者候補生たちよ‼」

その声によって、一斉に場が静まり返る。

見上げると、演説台には一人の女性が立っているのが分かった。

「私はライビア王国第一皇女、メルク・ライビア」

と、彼女はそう自己紹介をするのだった。

王族に相応しい白銀のドレスを身に纏《まと》い、自信に満《み》ち溢《あふ》れた堂々たる雰囲気で俺たちに話しかけてくる。

深く赤いルビーのような瞳を携え、美しい金髪が風に流されると、芸術品のようなシルエットが浮かび上がった。

皇女、か……

まさか、こんな高位の存在が、わざわざご高説を垂れに来るとは思わなかったな。

それだけ今回の勇者選抜試験に本気というわけだろうか。

最近、また魔族からの侵攻が活発化していることを考えれば、次の勇者を決める試験に力が入るのも当然なのかもしれないが。

「さて、お前たちは〝新世代の勇者〟となるべく集まった。しかし、新たな勇者になれるのは最後に残った一人だけ。……今一度問うわ。勇者になる覚悟のない者は、今すぐ去りなさい。これが――最終通告よ」

重々しく問いかけるメルク皇女。

しかし、舐《な》められたものだ。

もとより勇者になる覚悟のないやつが、こんなところまで足を運んでいるはずがない。

現にここに居る一〇〇人の勇者候補生たちは、誰一人として帰る素振りを見せなかった。

この場には、既に覚悟を持った連中しか居ないということだろう。

当然、それは俺も同じこと。

それに……、ぶっちゃけ帰りの路銀もないしな。

去る気など毛頭ないが、もう既に帰ろうにも帰れない状況だ。だから、余計に覚悟は出来ている。これが背水の陣というやつだ。たぶん。

「――よろしい。お前たちには、新世代の勇者になる権利がある。よって、これよりメルク・ライビアの名において『勇者ゲーム』のファーストゲーム開始を宣言するわ！」

宣誓するように片手を上げ、メルク皇女は声高らかに言い放った。

にしても、勇者ゲーム……？

それが勇者選抜試験を指しているのは分かるが、遊戯《ゲーム》の名を冠することに意味はあるのか？

単に言いやすかったから、そう呼んだだけとも受け取れるけど……

しかし、そんなことを考えているのも束《つか》の間《ま》。

正面ゲートが開門され、その奥から人影が出てくるのが分かった。

「────ッ！」

息を呑《の》む。

たぶん、俺だけは誰よりも早く、その正体に気づけていたと思う。

徐々に広場の方へ歩み寄り、その少女は姿を現す。

陽《ひ》の光が彼女を照らし出したことで、試験会場のボルテージは一気に沸き上がった。

それは、誰もが知る英雄の姿だったから──

「きゃあああああああああ‼‼　ブルム様ぁああああああ‼‼」

「憧れの〈爆炎の勇者〉様よ！　間違いなく本物だわ！」

「ブルム・スカーライト様ぁあああああああああああああ‼‼」

直後、黄色い声が響き渡った。

伝説の勇者を見て、これ以上ないくらいに色めき立つ勇者候補生たち。

しかし、それも無理はない。

ここに居る殆《ほとん》どの勇者候補生は彼女を尊敬し、憧れを抱いてこの勇者選抜試験に参加しているはずだ。それだけ〈爆炎の勇者〉の影響力は強い。

その姿は、人々に希望を与え続けてきた彼女のもので寸分違《たが》わなかった。

最も特徴的なのは、燃えるような赤色のショートヘア。そして、優しくも強さが宿るような瞳、悪戯《いたずら》っぽく微笑む口元が英雄の雰囲気ながらも可愛《かわい》らしさを感じさせる。

そして、見慣れた剣と鎧《よろい》も身に着けていた。

背丈は俺より少し低いのに、この小柄な身体《からだ》にどれだけ修行で苛《いじ》め抜かれたことか。

そう、それは紛れもなく〈爆炎の勇者〉ブルム・スカーライト——つまり、俺の師匠であり、長らく行方をくらませていた家族の姿だった。

「ブルム……」

気づけば、俺はあいつの名前を口にしていた。

本音を言えば、今すぐブルムの傍《そば》に駆け寄りたかった。

だが、きっとそれは今じゃない。

少し歩けば届く距離なのに……

俺はただ、この近くて遠い距離に茫然《ぼうぜん》と立《た》ち竦《すく》むことしか出来なかった。

『勇者になってはいけないよ』

その言葉が俺の脚に絡《から》みつく。

足が地面に固定され、動悸《どうき》が荒くなる。

でも、今さら勇者になる覚悟を変えてやる気などない。

不肖の弟子として、師匠の言葉に逆らってやる気概はあった。

たとえそれが、望まれないことであっても……

「ブルム様……っ！　本当にブルム様なのですよね！」

不意に、一人の少女が恐る恐るといったふうにブルムのところまで歩み寄っていく。

あの、黒髪の少女だ。

勇者として、まったく申し分ない気質を持った、さっきの少女である。

「うん、そうだよ。僕が〈爆炎の勇者〉ブルム・スカーライトだよ」

ニコニコと愛想《あいそ》よく手を振り、ブルムは自己紹介をしてみせた。

すると、黒髪の少女が表情を明るくして、まるで告白するみたいに言葉を紡《つむ》ぎ出す。

「私は、あなたに憧れて勇者を目指しました！　五年前、魔族の襲撃から私の村をブルム様が救ってくださったのです！」

「五年前……、そっか。キミ、あのときの村の女の子……」

「お、覚えていてくれたのですか⁉」

「なんとなくだけどね。そっかそっか、随分と大きくなったね」

その綺麗《きれい》な黒髪を撫《な》でつけ、ブルムは目を細めながら言った。

「こ、光栄です……！」

すると、黒髪の少女は涙目を浮かべ、顔を紅潮させながらブルムを見つめ返す。

もちろん、そんなことは俺の与《あずか》り知らぬことではあるが、きっと二人にとっての大切な思い出なのだろう。

そこに自分が居ないのは、ブルムの弟子として少し寂しくもあり、正直なところ嫉妬のような感情もあった。……なんてな。さすがに女々しいか。

「盛り上がっているところ悪いけれど、そろそろファーストゲームを続けさせてもらうわよ」

「失礼しました、殿下。続きをお話しになってください」

メルク皇女の言葉に、ブルムが恭《うやうや》しく一礼して半歩下がる。

そして、皇女は話を続けた。

「勇者になりたければ、まずは生き残ることね。今から一〇分間、何をしてでも生き残れ。旧世代の勇者を否定しなさい――」

すると、ブルムは長剣の柄《つか》に手を掛けながら、やる気満々に言い放つ。

「それじゃ、もう準備はいいかな？　今からここは戦場だよ。皆、死なないように頑張ってね……！」

その瞬間、スタートの合図の代わりに、晴れた青空の高くまで水しぶきが上がった。

赫《あか》い、赫い水しぶきだ。

ボトリ、と鈍い落下音がした。

それは、黒髪の少女の頭部だった。

地面に落下して、びしゃりと赫い花弁が咲き誇る。

この場で剣を抜いているのは、ただ一人。

〈爆炎の勇者〉ブルム・スカーライト――そして、彼女の持つ剣の刀身だけが赫く濡《ぬ》れていた。

時が止まったかのような錯覚の後、また少女たちの声が上がる。

しかし、それは先ほどまでの黄色い声ではなく――

「きゃああああああああああああああああああああああッ!!!!」

悲鳴だ。

ようやく事態を理解した少女たちは、絶叫を上げながら口々に疑問を吐き出していく。

「な、なんで……⁉　なんで、ブルム様が⁉　いったい、どういうことなのよ⁉」

「何が起きているの⁉　ど、どうして……、伝説の勇者が人殺しなんて！」

「これは何かの間違いよ！　憧れのブルム様が、人殺しなんてするわけな――」

と、そう言いかけた勇者候補生が、また一人、ブルムの薙《な》ぐ剣によって絶命させられた。

的確に首を切断され、周囲に赤い血溜《ちだ》まりが広がる。

こ、これは……

「ブルム様、やめてください！　何故《なぜ》、このようなことをするのですか⁉」

そう、また一人の少女が声を上げた。

その疑問に、ブルムは淡々と答えを返していく。

「キミたちは、僕を勘違いしてるよ」

「え……」

「憧れは憧れのままじゃダメでしょ。僕は魔王に敗れた旧世代の勇者なんだから」

「で、でも……！　ブルム様は魔王を追い詰めた偉大なる勇者の英雄で――」

「違うよ」

はっきりと、ブルムは否定を口にした。

「僕が魔王を追い詰めたなんて、王族が勝手に言い出した嘘《うそ》だよ。本当は魔王に、たった一撃を与えただけ……、ほんの掠《かす》り傷を与えただけで僕は負けたんだ」

少し申し訳なさそうにしながら、しかしブルムは俺がずっと教えられていた史実をしっかりと明かしたのだった。

「あ、あり得ないです……ッ！　だって、ブルム様は歴代最強の勇者のはずで――」

「それでも、僕は魔王に負けたんだ。呆気《あっけ》なくね。でも、キミたちはそんな僕よりもずっと弱い。これくらいで死ぬようじゃ、魔王を殺す勇者になんてなれないよ……ッ！」

「そ、そんな……ぁ――」

そう説明しながらも、ブルムは勇者候補生を殺戮《さつりく》する手を止めなかった。

誰よりも速く動き、細身のロングソードを目にも止まらぬスピードで振り抜いていく。

半回転身を捩《よじ》れば、その周囲で首の落ちた肉塊が崩れ落ちる。

伝説の勇者による大量虐殺。

それが今、俺たちの目の前で繰り広げられていることだった。

「は、ははは……、意味分かんない……。ブルム様が勇者候補を殺して……。しかも〈爆炎の勇者〉様でさえ、魔王に掠り傷を与えただけ……？　そんな相手、私たちが倒せるわけ……ないじゃない」

そう呟《つぶや》く少女に、ブルムは剣と言葉を向けた。

「じゃあ、キミは勇者になれないし、死んでもいいよね。だってこれは、魔王を殺す為《ため》の選抜試験なんだから――」

そして、ブルムは少女の首を落とし、少女の命は儚《はかな》く散っていくのだった。

絶望。

まさに、そんな言葉がぴったりと当《あ》て嵌《は》まる。

王国広場は阿鼻叫喚《あびきょうかん》と化し、止《や》まぬ悲鳴がこの世の地獄を体現していた。

膝から崩れ落ち、戦意喪失する勇者候補生も居る。

ブルムはそんな少女たちを容赦なく殺し続け、死体の山を築き上げるのだった。

見渡す限りの、赫、赫、赫。

鼓膜を震わせる絶叫と、肺を満たす濃密な血の臭いが不快感を訴え続ける。

「うっ……」

一瞬の眩暈《めまい》と吐き気を覚え、一歩二歩と少しばかり脚がよろけた。

クソ……、久しぶりの感覚だな。

思い出されるのは、俺がまだ魔族領で囚《とら》われていた頃の記憶……

いや、感傷に浸っている場合じゃない。ブルムの持つ剣がいつ俺に向けられてもおかしくない以上、気を抜くのは自殺行為に等しい。

「わわっ！」

「あれ、外した……？」

ふと、この場に似つかわしくない気の抜けた声がした。

見れば、やはりブルムが剣を振り下ろし、一人の少女を追い込んでいるところだった。

が……

その光景はやや異質に映った。

「っとぉ！」

「んんー……？？？　おっかしいなぁ……」

避《よ》けていたのだ。

伝説の勇者からの剣を、的確に。

ブルムは何度も剣を振るうが、その少女は肉眼で追えないレベルの剣筋を予測するようにギリギリで回避していた。

よく見ると、長めの金髪と青い瞳の存在に気が付く。

あいつ……ポーションの代金を肩代わりしてくれた女の子だな。

その少女は自身の持つ片手剣を振るい、ブルムへの反撃を試みるが、その剣筋は俺の目から見ても明らかに遅く弱い。

だが、少女の剣が届かずとも、逆にブルムの剣が少女に届くこともなかった。

それだけでも十分過ぎる才能と言えるだろう。

ブルムはその少女を見て、ちょっとだけ嬉《うれ》しそうに微笑《ほほえ》んだ。

「ふーん。ま、いいかな。キミは合格にしてあげる。じゃあ次は──」

「そこまでですわよ！　ブルム・スカーライト‼‼」

新たなターゲットを探しブルムの視線が彷徨《さまよ》う中、突如として威勢のいい声が上がる。

それは本気で〈爆炎の勇者〉を倒すという、明確な戦う意志を持った反旗だ。名の通った、確かな実力者たちの。

「ここで、あの狂心の勇者を止めるわ！　あなた方は、私をサポートしなさい！　〈千紫万紅〉ティル、〈天災の魔女〉レイン、〈弾丸の女王〉アリア！」

「は、はい……！」

「お嬢様はホント人使いが荒いよねー」

「まあいいだろ、手は貸してやる。伝説の勇者を殺してみるのも一興だ」

銀髪貴族とその従者、それにローブ姿の少女がブルムを囲うように展開し、素早く間合いを取る。

そして、少し離れた位置には銃剣を構える灰色髪の少女がポジショニングした。

それを見て、ブルムは嬉しそうに口を開く。

「なーんか、聞き覚えのある名前だなぁ……。いいね、そう来なくちゃ。僕を殺せないようじゃ、魔王を殺すなんて不可能だもんね」

ブルムは不敵に笑うと、改めて剣を構え直す。

「その余裕もここまでですわよ、〈爆炎の勇者〉……ッ‼‼」

貴族の少女が叫ぶと、彼女のユニークスキルが発動し、腕や顔の一部に鱗《うろこ》のようなものが現れる。さながら竜化といったところか。

それに続いて、他の少女たちもスキルを発動させていく。

桃色髪の従者は巨大な植物を生み出して操り、ロッドを掲げた少女は雷を落とし、銃剣の少女が魔法制御された弾丸を乱射した。

植物からブルムに蔦《つた》が伸び、その身を拘束しようと蠢《うごめ》く。ブルムが身軽な動きでそれを躱《かわ》せば、次は異常な威力をした弾丸が傍《そば》を駆け抜ける。

しかし、圧倒的なスピードを誇るブルムには掠りもしない……ように思われたが、サポートというだけあって、そんな攻撃による誘導は的確だった。その先には、肉体を強化した竜の少女が立つ。

「ここで決めるわ！　構わず私ごとやりなさい！」

「あーい」

銀髪貴族の少女——アシュナがブルムと剣を交えた瞬間、レインと呼ばれていたローブの少女が容赦なく二人を巻き込み、天空からの雷を落とす。

察するに、アシュナはこの雷に耐えられるだけの肉体強化をしていたということだろう。

強烈な光が視界を遮り、ブルムに降り注ぐ落雷が周囲に居た者の聴覚を完全に塞いだ。

だが……

「あーあ、僕がスキルを解放するまでもなかったね……」

酷《ひど》い耳鳴りが収まると、聞こえてきたのはそんな抑揚のない声。

徐々に視界が戻り、見えてきたのは……

血肉に変わり果てた、勇者候補たちの姿だった。

赤い地面に伏しているのは、元の姿に戻ったアシュナで間違いないだろう。

もう助からないと直感で分かるくらいの血が、口と胸元から溢《あふ》れ出《で》ていた。

「……ティ、ル……」

「うそ、ですよね……。え……、あ……。お、お嬢様……ッ‼‼　お嬢様ぁあああああああッ‼‼　ああああ、あああああああっ‼‼」

従者の少女が、横たわった主《あるじ》の元に寄り添って蹲《うずくま》る。

悲痛な叫びが、俺の鼓膜を確かに震わせた。

さらにその隣を見れば、先の折れたロッドと、似たような残骸と化した少女の屍《しかばね》が転がっている。

そして、ブルムの姿を視線で追えば、少し離れた位置に居た銃剣の少女——アリアの胸を長剣で貫いているところだった。

「これで二〇人目かな……、まだ二分くらいしか経《た》ってないんだけど、キミたち本当に勇者になる気あるの？」

少女の身体《からだ》に刺さった剣を抜きながら、ブルムは周囲を見つつ問いかける。

死んだのだ、実力者たちがこうもあっさりと……

この状況で、かろうじて戦闘態勢を取る者はまだマシな方だろう。

だが、こうなってしまえば、戦意喪失して立《た》ち竦《すく》む者、必死に逃げ惑う者の方が目立つ。

だったら、俺は……

決まっている。黙って殺される気など欠片《かけら》もない。

不意に。

ブルムの視線が、俺のそれと交わった。

瞬時に臨戦態勢を取り、右足を半歩下げる。

刹那、剣が俺の目と鼻の先に肉薄する。

目で追うことはなく、経験だけでその剣を避けた……つもりだったのだが、頬を伝う液体の感覚がギリギリで攻撃を躱しきれなかった事実を伝えてきた。

「クソッ、随分と乱暴な再会の挨拶じゃねぇか、ブルム……！」

「お上品な挨拶なんて、イフくんに教えた覚えはないけどなぁ。あと、僕のことは師匠かお姉ちゃんって呼んでくれないと嫌だな」

と、ブルムはにこやかに囁《ささや》いた。

「そういう恥ずかしいこと、人前で言わないでほしいんだけど……」

しかし、幸いなことに周りの勇者候補生たちは、遠目から俺たちの様子を眺めていたので、その会話が聞こえていたとは思えない。……たぶん。ったく、愚姉を持つと愚弟は苦労するものだ。

「やっぱり、来ちゃったんだね、イフくん……」

悲しそうな、憐《あわ》れむような表情で俺を見て、ブルムはそう言った。

「俺はブルムより強い勇者になる。昔からそう言い続けてたはずだけどな」

「あっはは。そうだったね。……でも、僕も言ったはずだけどな。『勇者になってはいけないよ』ってね」

直後、肉薄したブルムが俺の腹部を蹴り飛ばした。

内臓が圧迫され、嗚咽《おえつ》を漏らしながらも、なんとか体勢を維持する。崩されれば、それは死に直結するだろう。

文字通り、こっちは必死だ。これじゃ気を抜いている暇もありゃしねぇな……

「さてイフくん、勇者選抜試験に来たってことは、その覚悟は出来てるんだよね？」

「……ああ」

「そっか。なら、いいんだ。じゃあ私は〈爆炎の勇者〉として、キミと戦うよ。願わくば——死なないでね、大好きなイフくん」

言い終わると同時、ブルムは炎の柱を周囲に展開させる。

それがブルムのユニークスキルだった。

言わば、今まではスキルなしのお遊びだったが、ここからは本気というわけだろう。

肌を焼くような業火《ごうか》が、濃密な魔力を練り上げて殺意を撒《ま》き散《ち》らす。

それなら……

「——凍結」

俺は腰のホルダーから、魔法で圧縮された水の入った瓶を取り出し、中の液体を空中に放り出す。

こちらもスキルを解放した。

空気中の水分を魔力で凍らせ、絶対零度の剣を形作って生成する。

これが俺のユニークスキルだった。

氷の剣を構え、真正面からブルムの姿を捉える。

「いくよ、イフくん！　……何があっても、キミは〝旧世代の勇者〟を否定してよね……ッ！」

俺に剣を向け、一気に肉薄してくるブルム。

身に染《し》みた師匠との修行から、己の経験が瞬時に攻撃を躱させる。

が、しかし……。

「ッ————‼‼」

その直後、避けた先の地面を起点に、爆炎の柱が天に向かって伸びていく。

さらに、既に展開されていた業火の柱も、うねるようにして灼熱《しゃくねつ》の突風を巻き起こしながら殺気を向けてきた。

即座に氷の壁を展開して、その攻撃を分散させる。

すると、それを受け止めた氷の壁が水蒸気と化して、瞬時に視界を白く覆った。

「つらぁあああぁッ‼‼」

気づくと、いつの間にか視界から消えていたブルムが、俺の背後を取っているのだった。

ま、師匠ならそうするよな……

「凍れ……ッ！」

幸い、この場には凍らせるのに不自由ないくらいの、おびただしい液体が溢れている。

死んだ勇者候補たちの血だ。

無論、それは俺たちの足元を確かに浸していた。

俺のユニークスキルは、間接的であれ生物以外の触れている物質にのみ適用される。既に死んでいる勇者候補の血であれば、問題なく凍らせることが出来た。

俺の足元から血の氷を伝わせ、密《ひそ》かにブルムの足まで届かせる。

するとブルムは氷に足を取られ、僅かに剣筋をブレさせた。

それに合わせて俺は身を屈《かが》めながら、確実に剣の通る道筋を回避していく。

「あはは。相変わらず、悪知恵だけは働くんだから。前より強くなったね、イフくん」

「そりゃどーも」

素直に称賛の言葉を受け止め、俺は地面を転がりながら再び体勢を整えた。

体感、あと六分といったところか。

この地獄のような試験が終了するまで……

俺は直感的に理解していた。

無理だ。

あのブルム・スカーライトから残り時間を逃げ続けるのは……

長年、師匠と共に修行をしてきた俺でさえ、保《も》ってあと一分程度だろう。

おそらく一〇分と経たずに、勇者候補生一〇〇人は全滅させられる。

そんな確信に近い予感があった。

こうなったら、泣きながら土下座でもして許しを請《こ》うか……？

皮肉なことに、そんなバカげたアイディアが現状で最も可能性がある方法に思えた。

「さて、イフくん。次の攻撃は躱せるかな～？　先に言っておくけど、本気で行くから」

「おいおい……、マジで勘弁してくれよ……」

「あっはは！　そうはいかないよ。なんたってイフくんは、僕より強い勇者になるんだからね！」

少しの息も上げずに駆け抜けるブルム。

薙《な》ぎ払《はら》う剣の切っ先が、俺の目の前にあった。

やべぇっ。このままじゃ、マジで死――

「させませんっっっ!!!!」

そんな声と同時、〝氷の槍《やり》〟が視界を過《よぎ》って、ブルムとの間を横切っていく。

もちろん、俺のスキルではない。

じゃあ、いったい誰が……？

それが飛んできた方向に、ブルムと俺は視線を向けた。

「ねえキミ、無粋だと思わないの？　急に横槍を入れてくるなんて。……あ、だから槍だったのかな」

問いかけるブルム。

すると、血の絶海を渡って、フードを目深《まぶか》に被《かぶ》った少女が冷気を発しながら歩み寄ってきた。

機動性に優れた部分的な金属鎧《よろい》に、青を基調としたドレスのような装備を纏《まと》う少女。

彼女が一歩踏み出すたびに、地面の血を凍らせていく。

「こんなの、間違っています……、勇者は人々を救う存在なのですから……っ！」

その表情は窺《うかが》えない。

しかし、声音に怒気を孕《はら》んでいるのは伝わってきた。

それにしても……

と、俺の脳内では疑問符が浮かび上がる。

ユニークスキルとは、固有の魔力特性を指すものだ。

この世界のルールとして、同じスキルは同世代に存在しないとされている。

ひと目見た限りでは、あいつも氷を操る同じスキルのようだったが……

いや、今はそんなことを考えている場合ではない。

とにかく、自分のやるべきことをやろう。

そう思っていたのだが……

「僕は何も間違っていないよ。勇者は世界を救わないといけないんだ。たとえ、どんな犠牲を払ってでもね……ッ！」

ブルムは俺を放置して、突然の闖入者《ちんにゅうしゃ》に向かって一気に距離を詰めた。

烈火の如《ごと》く、弾《はじ》けるような炎が英雄の剣と共に少女に襲いかかる。

が……

「守ってください、カリバーン！」

少女の振るった幅の広い大きな剣から、凄《すさ》まじい衝撃波が放たれる。

その突風によって炎が掻《か》き消《け》され、ブルムも一瞬足を止めた。

お、おかしいだろ……。意味が分からねぇ……

今こいつ、〝二つ目〟のユニークスキルを使わなかったか……？

「いったい、さっきから何が起きてんだよ……」

本来、ユニークスキルとは一人につき一つしか持てないものだ。

それは、自身の中にある同一の魔力が、複数の属性を持つことが出来ないという根本的な理由から来るもの。

故に、一人が複数のユニークスキルを持つことは、絶対に在り得ないことのはずだった。

じゃあ、目の前で起きているこの現象はなんなんだよ……

そう疑問に思っていると、ブルムが思いもよらぬ答えを口にするのだった。

「なるほど……。キミ、聖剣に選ばれた存在なんだね」

と、そんなことを淡々と言ってのけた。

聖剣、だと……？

もちろん、存在は誰もが知っている。

遥《はる》か遠い昔、幾多の勇者が聖剣を手にして魔王を討ち滅ぼしたとされ、そんな伝説は各地でいくらでも残されていた。

でも……、そんなもの、ただの御伽話《おとぎばなし》のはずだろ……っ！

「実在するのか、聖剣なんてものが……」

そんな疑問を吐き出す。

だけど、もし実在しているならば、目の前の事象にも説明はつく。

あの少女は二つのユニークスキルを使っているわけじゃない。

斬撃を飛ばす方のスキルは、聖剣の能力によって付与された力であるということだ。

「へー、面白いじゃん。聖剣の祝福を受けた勇者候補生と、歴代最強の勇者である僕……、いったい、どっちが強いんだろうね……ッ！」

周囲に無数の火柱を出現させ、それを聖剣の少女に向かって放つブルム。

そのまま、ブルムは炎を纏った剣を構えながら、赤く染まった地面を駆け抜けていく。

一方で、聖剣の少女は氷の壁を出現させて火柱を受け止め、周りの水蒸気と共に衝撃波でブルムの剣を弾き返していった。

「こんなの、間違っています……っ！　勇者は人々の希望であって、世界を救う存在なんですから！」

叫びながら、少女は聖剣を振るう。

「そんな綺麗《きれい》ごとじゃ魔王は殺せないよ。旧世代の勇者じゃ……、僕の力じゃ魔王を殺すことは出来なかった‼‼　でも、キミはそんな僕よりも遥かに弱いッ‼‼」

ブルムもまた、呼応するように力をぶつけていく。

その気迫に、聖剣の少女も徐々に押されていく様子だった。

「くっ……、う……ッ‼‼」

「でも、同情はするよ。キミたちの挑む勇者ゲームは、僕が経験したプロトタイプよりずっと過酷で犠牲もたくさん出るだろうから……！　もしかしたら、ここで僕が全員殺しちゃうかもしれないしね……ッ！」

そう、ブルムは不敵に嗤《わら》った。剣筋に確かな殺意を込めながら。

「あ、あなたはそれでも伝説の勇者なのですか……っ！　人族の同胞を皆殺しにすることが、伝説の勇者のすることなのですか⁉」

「六年前ッ‼‼　僕は勇者ゲームを生き残って、誰よりも強い勇者になった……ッ！　だけど、そんな僕でも魔王には敵《かな》わなかった！　どんなに肉体や技術が強くなっても、心を捨てないと魔王を殺せる強さには辿《たど》り着《つ》けないんだよ‼‼」

「そんなこと、ありません……っ！」

半ば自棄《やけ》になっているようにも見えた。

二人の激しい攻防が続いていく。

もはや、誰も間に入ることなど出来ないだろう。

それなら、もしかしたら――このまま生き残れるんじゃないか？　一〇分間のタイムリミットを……

そう、だよな。ここで無茶をする必要はない。

そのあとで、俺の為《な》すべきことをすれば――

「どんな犠牲を払ってでも、勇者は魔王を殺さないといけないんだッ‼‼　ここで死んだ有象無象は幸せだよねっ‼‼　勇者になれなかったことを、他人のせいに出来るんだから‼‼」

そう叫ぶブルムが見ていたのは、間違いなく俺だった。

捻《ひね》くれ者の言葉は、同じくらい性格の捻じ曲がったやつにしか伝わらないものだ。

覚悟を問われている。

ここで動かなければ、死んでいるのと何も変わらない。勇者を諦めるのと同義だ。

だから、たとえ不合理でも殺し合うし、力を見せてみろと問われている。

蚊帳《かや》の外で黙っているのは、やっぱ違うよな……

伝説の勇者とか、聖剣に選ばれたとか、そんなもんどーでもいい。

「――俺は、勇者になる」

再び氷の剣を構え直して、俺は地面を蹴った。

覚悟と、実力と……今の俺に出せる力を示す為《ため》に。

ほぼ同じタイミングで、聖剣の少女が高らかに吠《ほ》える。

「カリバーン、完全解放‼‼」

突如、天を裂くように、光の柱が少女の振り上げた聖剣から伸びる。

ブルムの表情に、一瞬の焦《あせ》りが見えた。

「あっはは……、これはマズいかも……。でも、僕は〈爆炎の勇者〉だからね。真正面から受けきってあげるよ……ッ！」

炎を剣に纏わせ、それを上段に構えるブルム。

直後、天から光の柱が降り注ぐ。

白く眩《まばゆ》い衝撃波が、周囲を覆っていった。

完全に視界が奪われる。

「くッ――――！」

どれだけの時間だったかは定《さだ》かではない。

やがて、視界から光が霧散すると、そこにはボロボロのブルムが血を流しながら立っていた。

避《よ》けることすらせず、バカ正直に攻撃を受けきったのだと理解する。

「はぁ……、はぁ……。嘘《うそ》、ですよね……。あれを受けて、まだ立っていられるのですか……！」

息を切らし、今にも倒れそうな聖剣の少女は、驚きの声を上げた。

さすが、俺の師匠だな……

ブルムは俺に気が付くと、強がるように笑って言った。

「ほんの掠《かす》り傷だよ。それより、待たせて悪かったね。来なよ、イフくん……！」

「ホントに、いいんだよな？」

「もちろん。僕はいつだって万全だからね。愛弟子《まなでし》からの愛情、受け取らせてもらうよ」

なら、遠慮なくやらせてもらうか。

そう思った矢先、先手で仕掛けてきたのはブルムの方だった。

まったく、マジで容赦ねぇな……

いや、俺に迷う暇を与えないようにする為か。師匠はそういうやつだ。

だったら望み通り、ここで師匠を超えてやるよ……！

「………ッ！」

ブルムの剣を、俺は氷の剣で受ける。すると、それは即座に砕け散った。

だが……、そっちは囮《おとり》だ。
俺は懐《ふところ》から瓶を取り出し、もう一本の氷の短剣を顕現させる。
それをブルムの首元にあてがい……
──ああ、クソ……、この期《ご》に及んで迷いが生じる自分に嫌気が差す。
だが、とっくに覚悟を決めていたブルムが、俺の目を見て言った。
「勇者になってね、イフくん」
そう優しく囁《ささや》くブルムは、問答無用で俺の首元に剣を向けてきた。
迷う暇さえ与えない、捻くれ者の厚意だ。
殺せ。
でなければ、死ね。
これは、師匠からのそんなメッセージだった。
「俺は勇者になるよ……。約束だ」
だから、俺はブルムの首にあてがった氷の短剣を押し込んだ。
皮膚と肉を裂く感触。
流れ出る血液。
氷の剣から伝わる、首の骨に当たった反動。

そのすべてが不快だった。

……これが、他人を殺す感覚ということか。

気づけば、俺はブルムの血飛沫《ちしぶき》で赤く染まり、足元には師匠が転がっていた。

その首には、氷の短剣が刺さったままだ。

悪いな、師匠……

これも必要なこと、だったんだよな……

刹那、殺気が背筋を走り、俺は反射的にまた新しい氷の剣を生成させて、その攻撃を受け止めた。

「殺す必要はなかったはずです……ッ！　ただ一〇分間、生き残ればよかった！　私と同じ氷のスキルがあれば、殺さずに拘束だって出来たでしょう！　そのはずなのに、どうして彼女を殺したんですか‼‼」

聖剣の少女から、憎悪《ぞうお》が溢《あふ》れ出《だ》される。

他人の死を許容しない、どこまでも勇者らしい……いや、旧世代らしい考えだ。

「俺は〈爆炎の勇者〉を殺して、新世代の勇者になろうとした。ただ、それだけだ！」

「そんなの……、勇者じゃありません……ッ‼‼」

聖剣の少女が片手をかざすと、俺を捕らえんとする氷で造形された腕が伸びてきた。

「させるかよッ‼‼」

その腕を掻《か》い潜《くぐ》り、一気に距離を詰めて彼女に氷の剣を突き立てる。

すると、それが聖剣の少女の肩口を直撃した。

「くっ……⁉」

肉が抉《えぐ》れて血が溢れ、彼女から苦痛の声が上がる。

敵に容赦はしない。旧世代では成し得なかった、新世代の勇者の戦い方だ。

「次でお前を止める……ッ！」

「私は……、負けません‼‼」

そう叫びながら、少女は聖剣を振り上げる。

俺も氷の剣を下段に構え、掬《すく》い上《あ》げるように切っ先を持ち上げ——ようとした瞬間のことだった。

彼女の顔を隠していたフードが外れ、聖剣の少女の素顔が露《あら》わになる。

澄んだ蒼《あお》い瞳、薄い水色の髪、特徴的な顔の傷痕。

それを見て、俺は戦いの最中であるにもかかわらず、不覚にも身体《からだ》を硬直させてしまった。

だって、それは……

「お前……シューラ、なのか？」

間違えようもない、死に別れたはずの妹の顔だったから。

「え……、イフくん……？」

どういう過程で、その結論に至ったのかは分からない。

しかし、シューラも俺のことを兄だと認識したようだった。

だが、一歩遅かった。

聖剣から放たれた衝撃波を諸《もろ》に喰《く》らい、俺の意識は急激に暗く沈んでいった。

◇

ファーストゲームが幕を閉じてから、数刻が経過していた。

「痛ったた……。容赦ないなぁ、イフくん……」

先ほどのゲームで彼に刺された傷痕を撫《な》でながら、王城の廊下を歩いていた。

まだイフくんの意識が回復していないことは確認済みだ。焦る気持ちもあるが、話をするタイミングはしっかり見極めるべきだった。

それにしても、まさかこんなことになろうとは……と、その残酷な運命を呪わずにはいられなかった。

った。


「……あら、シューラじゃない」

ふと、その声を聞いて首だけ振り向く。

そこには勇者ゲームの進行役を務めていた、メルク皇女と複数の運営委員たちの姿があった。

メルク皇女が矢継ぎ早に言葉を続ける。

「ここは関係者以外立ち入り禁止のはずよ、シューラ」

「お言葉ですがメルク皇女、私は関係者ではないのですか?」

「……まあいいわ。でも、あまり勝手はしないように」

メルク皇女はあまり気にした様子もなく、無表情のまま吐き捨てるようにして言った。

この場所には初めて足を運んだが、勇者ゲームの管理棟だということは分かっている。

当然、誰に見られてもいいように変装して身なりは整えておいた。

自分の立場が、あまりにも他人と違うことは理解している。

ここまでしっかり変装していれば、他人に見られて騒がれるようなこともないだろう。

「そんなことより、私がここに足を運んだのは勇者選抜試験について聞く為です……!」

「ほう……」

「メルク皇女、あの試験はいったいなんだったのですか……! ブルム・スカーライトによる惨殺《ざんさつ》で、二〇人もの同胞が命を落としたのですよ！　しかも、今回の件で人族は〈爆炎の勇者〉まで失いました。あの選抜試験に、そこまでの価値があったのですか⁉」

「ええ、あったわ」

即答し、メルク皇女は続ける。

「勇者ゲームは、現代魔王を殺す為に必要なプロジェクトよ。たとえ何人もの犠牲を出そうとも、最後に魔王を超える勇者が誕生すれば何も問題はないわ。たとえ、ブルム・スカーライトを失うことになっても」

「そ、そんな……、そんなことが許されるとでも……！」

「許される、許されないの話じゃないわ。これは道徳の授業じゃないのよ。新世代の勇者は、魔王よりも魔王でなければならない。冷酷な勇者でなければ、魔王を超える強さを得ることは出来ないわ」

その言葉を聞き、怒りが湧いてきた。

そして、死んでいった者たちへの申し訳なさも。

メルク皇女に言わせれば、そんな感情こそが魔王に勝てなかった要因だという。

随分と勝手なことを言うものだった。

「魔族の侵攻は何年も前から激化していく一方よ。……魔王を殺さない限り、人族はより多くの犠牲を払うことになる。一〇〇人の勇者が魔王討伐で死ぬよりも、九九人の勇者候補が死んで一人の英雄が魔王を殺す方がよっぽど人道的でしょう」

「そ、そんなことは……」

ない、と断言できるのだろうか。

本音を言えば、そんな拭いきれない疑問があることも確かだった。

犠牲者の数を考えれば、メルク皇女の言い分にも一理ある。認めたくはなかったが。

「よく聞きなさい、シューラ。ここから先は最後の教育よ。──どんな綺麗《きれい》ごとを言っても、勇者とは魔王を殺す者のことよ。あなたは勇者ゲームで生き残り、誰よりも冷酷な勇者になりなさい」

と、メルク皇女はそんなことを告げた。

それがどれだけ残酷な命令であるのかも、きっと理解しているに違いない。

彼女の言葉がどうであれ、メルク皇女がファーストゲームで起きた殺戮《さつりく》から目を背けなかった事実は知っている。

魔王は誰かが殺さなければならない。

でなければ人族は滅ぶ。多くの犠牲を生む。

それこそ、数年前のイフくんのような犠牲者が、また生まれてしまうということだ。

「勇者候補の中に兄が居ました……」

とある村が魔族に襲撃され、魔族領に攫《さら》われたイフくんのことだった。

つい先程まで、兄妹《きょうだい》で生き別れになっていた。

「それは完全に偶然よ。こちらの与《あずか》り知ることではないわ」

「イフくんは小さい頃から、魔力適性なんてありませんでした。ましてや、男が勇者の印なんて……」

疑問を口にしながら、視線を落とすシューラ。

「それには私も驚いたわ。でも、彼の持つ勇者の印は間違いなく本物だった。と、そう報告を受けているわ」

「そう、ですか……」

「話はそれだけかしら？　私は急用が入っていて忙しいの。これで失礼するわね」

「あっ……」

然程《さほど》の長話ではなかったはずだが、これでも無理をして時間を割いていたのだろう。

メルク皇女は足早にシューラの前から去って行くのだった。

コツコツと廊下を叩《たた》く足音が遠くなっていく。

周囲の運営委員たちに意識を向けてみると、何やら様子が慌ただしいようにも感じた。

しかし、今はそれよりも……

「あの、そこの方、今の一部始終を見ていましたよね？　メルク皇女の空き時間を教えてくれませんか？　腰を据えて話し合う必要がありますので」

矢継ぎ早にシューラが問いかける。が……

「……い、いいえ、詳しい事情は知りませんので」

それだけ言い残し、逃げるようにしてその場から去って行く。

こうなっては仕方がないだろう。

渋々だったが、場所を変えて目的を果たすことに決めたのだった。

二章　村人

目を覚ますと、そこは知らない部屋だった。

「どこだ、ここ……？」

装備品一式は外され、俺はベッドの上で寝かされていたらしい。

見渡せば、部屋の隅に自分の持ち物が丁寧に並んでいるのが視界に入る。

質素で小さな部屋には、ベッドが二つ。

もう片方のベッドには人の姿こそなかったものの、乱雑に誰かの持ち物と思《おぼ》しき道具が散らばっていた。

さて、これはどういう状況なのだろうか……

直前の記憶を思い出そうと、眠い目を擦《こす》って思考を働かせてみる。

えっと、たしか死んだ妹と一緒に三途《さんず》の川《かわ》で釣りを楽しんで……いや、違《ちげ》えな。これは夢の中の記憶だ。というか、どんな夢見てんだよ俺。

危うく死にかけてるし、しかも死んだと思っていた妹は、何故《なぜ》か生きているような気がした。

……マジで意味が分からねぇ。よく思い出せ、俺。
ああ、そうだ。
たしか、勇者選抜試験を受けに来て、それからブルムを——
「ッ……！」
直後、脳裏に浮かんだイメージは激しい赫《あか》。
咽《む》せ返《かえ》るような吐き気が喉元までやってきて、口元を押さえながら無理に堪《こら》える。
……ダメだ。やっぱ思い出したくもない。
意識を落ち着け、切り替えることに集中する。
ふう……こうなったら、アレだな。ふて寝でもしよう。
そう思って現実逃避を試みながら、俺は再びベッドに寝転がる。
きっと、もう一度目を覚ます頃には、嫌でも現実を見ていることだろう。
だから、それまでは目を瞑《つぶ》ることにする。何も見ないように。
しかしタイミングの悪いことに、ドアを開ける音と明るい声音が部屋に響き渡った。
「あ、起きたんですねっ！」
違う。今から寝るところだ。
そう反論したい気分だったが、その声が誰であるのか気になったし、今の状況も聞くことも出来るだろうと思い、俺は嫌々ながら上半身と意識を叩き起こした。

「ん、お前は……」

見覚えのある少女だった。

綺麗な長い金髪と、青い瞳が特徴的な勇者候補……、ポーションの代金を肩代わりしてくれた、あの少女で間違いないだろう。

「お久しぶりです、師匠っ！　ああいえ、久しぶりというほど時間も経《た》っていませんでしたね。商店で会ったのも昨日のことですし」

「誰が師匠だ。名前すら知らない弟子を取った覚えはねぇよ」

と、よく分からん小ボケにツッコミを入れておく。

しかし、少女の方はジョークで言ったわけでもないのか、やたら真面目そうな表情で興奮気味に話を続けるのだった。

「私、イデア・アーテイルっていいます！　イフ・アイドラ師匠に弟子入りさせてもらうことにしました！」

「勝手に弟子入りすんな。ていうか、なんで俺の名前知ってるんだよ……」

「運営委員の人に聞きました。これから同室で生活するわけですからね」

同室……？　なんで？

いや、それ以前に……

「そもそも、この部屋はなんなんだ？」

「私と師匠の愛の巣ということになりますかね～。えへへ」

「ならねぇよ。あと、その師匠っつーのやめろ」

「えー、いいじゃないですか。ファーストゲームを生き残って、こうして同室になった仲ですし。凄《すご》かったですよ、師匠の活躍……っ！」

「いや、意味分かんねぇから。べつに活躍なんてした覚えもねぇよ」

しかしまあ、思い当たる節がないわけでもない。

だが、それは俺が今一番思い出したくないことだった。

「そうですかね？　他の人たちは聖剣の勇者候補に注目していましたが、私は師匠の方が断然凄かったと思いますよ！　過程はどうあれ、あの〈爆炎の勇者〉から命を奪ったわけですから！」

「あー……、そうだったな……」

と、雑な生返事をしておく俺。

ったく、嫌なこと思い出させやがって。振り返ってみれば、俺がブルムを……

そう考えると、頭の奥がズキズキと痛んだ。

「あれ、どうかしましたか……？」

「なんでもねぇよ。とにかく、俺はファーストゲームとやらをクリアして、次の選抜試験に進めるってことだよな？」

あの試験で俺は意識を失いはしたが、いちおう命までは失ってないわけだし。

「師匠の言う通りですっ！　セカンドゲームは明日になるとのことでした。あと、勇者ゲームが続く限り、私たちはこの勇者寮で過ごすことになるらしいですね」

勇者ゲームに勇者寮か……

安直なネーミングだな。まあ、これ以上なく分かりやすいけど。

「つーか、男女で同じ部屋にするか、普通？　お前、運営に文句言った方がいいと思うぞ」

「いえ、私がお願いして師匠と同室にしてもらいました」

「お前が希望したのかよ……」

「運営の人も師匠の扱いに困っていたみたいなので、要望は簡単に通りました！」

「そ、そうか……」

なんというか、その光景だけは容易に想像がつくな、悲しいことに……

「ということなので、これからよろしくお願いしますね、師匠！　あ、それと私のことはイデアと呼んでください」

「だーかーらー、俺が師匠なんて呼ばれる筋合いは――」

「二〇〇〇ガウル」

ニコニコと俺の顔を覗《のぞ》き込《こ》み、イデアと名乗った少女は口角を吊《つ》り上《あ》げながら言うのだった。

「……な、なんだって？」

「ポーション代、二〇〇〇ガウル払ったとき、師匠が言っていました！『機会があれば、恩は倍にして返す』って！」

「あー、そんなこと言った気がす――いや待て。倍にするとは言ってねぇだろ。勝手に記憶を改竄《かいざん》すんな……っ！」

「あはは、バレましたか。師匠バカそうだし、いけると思ったんですけどね～」

「こ、こいつ……、まさか恩と一緒に喧嘩《けんか》まで売ってくるとはな……」

とんだ抱き合わせ販売をしてきやがる。

恩は返すと言ったが、それはあくまで等価交換だ。

俺は恩の過払い金が発生したら、絶対に返金してもらう主義だからな。

「とにかく！　師匠は私に恩があるので、しっかり師匠になってもらいますからねっ！」

「ま、まあ、恩があるのは事実だが……」

「じゃあ、そういうことでっ！　もう決まりですからね、師匠！」

有無を言わせず、勝手に話を進めていくイデア。

相変わらず明るい笑みを浮かべながら、俺の表情を覗き込んでいた。

……まあいい。もう考えるのも面倒だ。

恩はあるわけだし、暫《しばら》く師弟ごっこに付き合ってやれば、こいつも飽きることだろう。

しかし成り行きとはいえ、こんなことになるとはな……

「つっても、俺は師匠なんて柄じゃない。何も教えることなんて出来ないからな」

「構いませんよ。私を傍《そば》に置いてくれれば、あとは勝手に学びますので」

なんて言いながら、悪戯《いたずら》っぽい笑みを浮かべるイデアだった。

勇者選抜試験のライバルだってのに、滅多なことだな。

気絶している俺を襲えば、難なく候補者が一人消せたかもしれないのに。

それに、もし俺がこいつと敵対するようなことがあれば、そのときは……

「っと、そうだ。そういうことならイデアの二つ名とユニークスキル教えてもらわねぇとな。形だけでも俺は師匠なわけだし」

弟子になったからとはいえ、俺はイデアのことを信用したわけじゃない。

最低限こいつの情報は知っておくべきだろう。

弟子になることで俺を油断させて奇襲を仕掛けてくる可能性や、ダメな師匠に愛想《あいそ》を尽かして奇襲してくる可能性は捨てきれない。

「えっと……それが、その～……」

「言えないのであれば、師匠になる話云々《うんぬん》はなしだからな」

「そ、そうじゃなくてですね……。うぅ～……」

イデアは視線を泳がせ、誤魔化すように視線を逸《そ》らし、俺から視線を背ける。……どんだけ見たくないんだよ。

「おい、言わないなら――」

「わ、わわわ分かってますよっ！　まあ……、いずれバレることですしね……。観念して答えましょう」

「ったく、初めからそうしろよな……」

「実を言うと……私、自分のユニークスキルがなんなのか分からないんですよね。てへ」

額に汗を浮かべながら、引《ひ》き攣《つ》った笑顔を無理やり浮かべるイデア。

んなわけねぇだろ。言い訳するのド下手クソか。

「じゃあ、弟子の話はなしってことで――」

「ち、違うんですよ！　本当に自分のスキルが分からないんですっ！　だから、二つ名もないんですってば！　ホントのことですっ！」

イデアは身振り手振りで謎の本気さを伝えてこようとするが、信用していいものかイマイチ判断に困る。

嘘《うそ》を言っているようには見えないが、だからといって口にしていることも荒唐無稽だ。

勇者の印が浮かび上がるほどの魔力を有していながら、自分の能力が分からないなんてことがあるのか……？

しかも、こいつはファーストゲームでブルムの斬撃をすべて躱《かわ》すなんていう芸当をやってのけた。

イデアもある種の実力者であることは間違いないと思うのだが……

「というか、あれはユニークスキルと関係ないのか？　ブルムの攻撃を避《よ》け続けるなんて俺にも不可能だし、普通にあり得ないだろ」

「あれはただの勘ですよ。私、昔から異常なまでに、直感が鋭いんですよね。もしかしたら、自覚していないだけでスキルと何か関係するのかもしれませんけど」

「ふーん、そうか」

「ちなみに、師匠の弟子になりたいのも直感でそう思ったからですっ！　だから深い意味はありません！」

「ああ、そう……」

たわわな胸を張って、大仰に言うイデアだった。微妙に失礼なやつだな。

にしても、異常なまでの直感か……。ちょっと試してみたくはある。

こいつの話を信じるのであれば、イデアがユニークスキルを自覚するヒントが得られるかもしれないし。

「師匠はどうなんですか？　二つ名とか。ユニークスキルが氷を操るものであるのは見てましたけど」

と、イデアは首を傾《かし》げながら問うてきた。

まあ、俺ばかり質問しているのもフェアじゃないか。

「そうだな。んじゃ改めて、〈――凍結〉イフ・アイドラだ。ユニークスキルは触れた物質を凍らせる能力だが、空気中の水分を使えば、こんなふうに短剣くらいならほぼ魔力だけで生成することも出来る」

言いながら、俺はスキルの実演をしてみせた。

当然、完全な無から生み出したわけじゃないが、空気に含まれる水分を魔力で集め、凍らせるイメージを以《も》って氷の造形物を作り出す。

一般的に言われることだが、魔法の発現はイメージに大きく左右されるらしい。

能力者が二つ名を名乗る習慣も、自分のイメージを定着させる為《ため》だと言われていた。

……少し試してみるか。

手に持った氷の短剣を握り込み、タイミングを窺《うかが》う。

「さっすが師匠ですね。男の人なのに、魔力が扱えるなん――ッてえええええええええ⁉

い、いきなり何するんですか！」

不意の一撃。

完璧なタイミングで短剣を薙《な》いだと思ったが、やはりそれはイデアに掠《かす》りもしなかった。

「ちっ、やっぱ外したか……」

「外したか、じゃないですよ！　危ないじゃないですかぁっ！」

「べつにいいだろ、どうせ当たらないんだから」

「それはそうですけど……」

ああ、そこは素直に認めるんだな。

イデアにとって、それくらい攻撃は当たり前に避けられるものなのだろう。

であれば、イデアの軽装備にも頷《うなず》ける。どうせ攻撃が当たらないのであれば、鎧《よろい》や盾は
邪魔なだけだからな。

それにしても、この感覚……

まるで、すべての行動を読まれているような気分だった。

ファーストゲームを見る限り、イデアはかなり弱い。戦闘経験は素人《しろうと》レベルだろう。

にもかかわらず、俺がイデアを殺せるヴィジョンが見えない。しかしまあ、逆にイデアが俺を殺すことも出来ないだろうけどな。

「えいっ」

「っと、あぶね！　何すんだよ！」

鞘《さや》に入ったままの片手剣を振り下ろしてくるイデア。

俺は瞬時に身を反らし、ベッドの上で迫りくる片手剣を躱した。

「師匠には当たるのかなーと思いまして……。まあでも、これでお互い様ですよね。文句を言われる道理はありません」

「……いいだろう。そっちがその気なら、立場を分からせてやる」

「ふふん、臨むところです」

よほど自信があるのか、イデアは謎のドヤ顔で俺を挑発してきやがった。

直後、氷の短剣と片手剣の鞘がかち合う音が響いたのだった。

◇

それから、だいたい一〇分後。

「はぁ……、はぁ……」

「ん……し、師匠……、もう勘弁してくださぃ……」

ベッド上での激しい攻防の末、やっとのことで俺はイデアの身体《からだ》を捕らえたのだった。

柔らかい身体をうつ伏せに押し付け、両腕を後ろ手に摑《つか》んで拘束する。

汗ばんだ吐息の音が混じり合い、水滴が俺たちの火照《ほて》った身体を濡《ぬ》らしていた。

「へへ……、やっと捕まえたぜ……」

「うわー、誰か助けてくださいー！　おーかーさーれーるー！」

両足をバタバタさせながら、イデアは声高らかに助けを呼んだ。にしても、人聞きが悪いな……

が、しかし。

ここは生憎《あいにく》と二人部屋だ。都合よく第三者が訪ねてくることなんてあり得ないだろう。

「……何をしているのですか、イフくん。ドン引きですよ」

ふと、そんな声が響いた。

見ると部屋の出入り口には、長年生き別れていた我が妹――シューラの姿がある。

その蒼《あお》い瞳には、酷《ひど》く嫌悪《けんお》感のようなものが浮かんでいた。

冷静に思い返してみれば、今さっきイデアを捕らえたのも、急にこいつの動きが鈍くなったからだったような……？

「お前、まさか……」

「言ったじゃないですか、師匠。私、勘が良《い》いんですよね。ふふーん」

ドヤァと腹立たしい表情を浮かべるイデア。こいつ、師匠相手に謀《はか》りやがったな……

今すぐ仕返しの一つでもしてやりたかったが、いつまでも妹を誤解させたままにしておくわけにもいかない。

ここは師匠の威厳よりも、兄の威厳の方が優先だ。

「誤解だシューラ、これは――」

「勇者たるもの正々堂々と戦うべきです。選抜試験の外で争うのは如何《いかが》なものかと」

「いや、そっちかよ」

誤解の方向音痴か。こういうのって普通、エロい意味で勘違いするやつだろ。

なんて思っていると、イデアは俺の拘束から逃れて乱れた服を整えながら、口を挟んでくる。

「ちょっと戯《たわむ》れに模擬戦をしてもらっていただけですよ。イフさんは私の師匠なので」

「あのイフくんが師匠……、なんだか意外ですね。これが時の流れというものですか」

話を丸く収めるべくイデアが助け舟を出し、それにシューラが頷きを返す。

元はと言えば、イデアが話をややこしくした原因のはずだが、本人は助けてあげた感を出しながら俺を一瞥《いちべつ》してきたのだった。図々《ずうずう》しいやつだな。

「つーか、部屋入ってくるならノックくらいしろよな」

「まだイフくんが寝ていると思って気を利《き》かせたのですよ。イフくんを部屋まで運んだのは私ですからね」

「ん、そうだったのか。ありがとな」

てっきり、イデアが部屋まで運んでくれたものだと思っていたが、まさかシューラが運んでくれていたとは。

思えば、俺の装備一式は部屋の隅で丁寧に並べられていたが、イデアのベッドの上は乱雑に道具が散らかっていた。妙な性格の差が出ていたのは、そういうことだったらしい。

「それにしても、生きていたんですね、イフくん。二重の意味で」

ほっとしたように笑みを浮かべるシューラ。

六年前、魔族に攫《さら》われたときのことと、さっきのファーストゲームでのことを言っているのだろう。

「どっちも死にかけたけどな。……それより俺が刺した肩の傷、大丈夫だったか？」

「ええ、まあ。上級ポーションを使えば直《す》ぐに治りますから」

「そうか。それなら良かった」

「私の方こそ、選抜試験ではすみませんでした……。少し熱くなり過ぎましたね……」

「ま、気にすんな。こっちも平気だ」

それにしても、お互い知らなかったとはいえ、兄妹揃《きょうだいぞろ》ってファーストゲームで争っていたのだから驚きだ。

まさかシューラが生きていて、しかも勇者候補になっているなど想定外だったな。

そして何より、それによって生まれる不都合もあるわけで……

「あの……、ところでお二人はどういう関係なんですか？　も、もしかして恋人とか……」

「そんなところです」

「兄妹だ。嘘教えんな」

シューラは一つ年下の妹であり、あの頃はどこにでも居る普通の村人だったはずだ。

それがどういう因果で勇者候補……、それも聖剣の使い手にまでなったのやら。

「へー、兄妹で勇者候補なんて凄《すご》いですね」

「俺たちもお互いの存在に気づいたのは、ファーストゲームの最後だったけどな。あんまり目立ちたくないから言い触らすなよ？」

「はいっ！　分かりました！」

本当に分かっているのかいないのか、イデアは「禁断の愛ってやつですねっ！」と、テンション高めで楽しげに言うのだった。たぶん分かってないんだろうな。

まあ、こうして口止めしておけば、一応は兄妹関係がバレる心配もないはずだ。顔だって、明らかに似ているというほどでもないだろうし。

何より、聖剣に選ばれた血縁が居ることなど知られれば、どこで不都合が生じるか分かったもんじゃない。隠しておくに越したことはないだろう。

「ところで、イフくん。私も色々と聞きたいことがあります」

「そこは詮索しない方がいいんじゃないか？　お互い言いづらいことだってあるだろ」

「兄妹で隠し事なんて、私はありませんよ」

「あ、そう……」

逃がさないと言わんばかりに、シューラは俺の隣でベッドに腰掛けるのだった。

これは、完全に居座る気満々の様子だな……

もちろん、俺もシューラには聞きたいことが溢《あふ》れているが、そうなれば自分のことも話さなくてはいけなくなる。

俺の場合、事情を聞くには自分の秘密が多すぎる。結果的に、様々なリスクを負うことになりかねない。

「聞きたいことは多いですが……まず、そもそもどうしてイフくんは勇者候補になっているのですか？　しかも男なのに」

「シューラだって、小さい頃は勇者の印なんてなかったはずだろ」

「私は聖剣に選ばれたので、魔力が増大して勇者の印が浮かび上がるようになったのですよ」

「聖剣に選ばれたって……、そんな機会あるのか？　聖剣だって、その辺に落ちてるものじゃないだろ」

御伽話《おとぎばなし》にまで出てくるような伝説の剣だ。国が厳重に管理しているに違いない。そんなものに触れる機会なんて、そうそうあるとは思えないが。

「数年前のことです。きっと、この日の勇者選抜試験を見越してのことだったのでしょうね。当時、なんとか魔族の襲撃から生き延びた私は難民となり、やがて国が運営していた試験会場に迷い込みました。そこではライビア王国管轄の下で、聖剣の祝福を受けられる存在を探していたそうです」

「クソ真面目に聖剣の使い手を探してたとか、正気かよ……」

「ですが、こうして実際に私という適合者が現れたのです。僥倖《ぎょうこう》だったことでしょう」

自分で言うか、それ。

とも思ったが、話の腰が折れるので黙っておく。

「偶然にも聖剣に選ばれた私は、ライビア王国の貴族に保護され、育てられることになりました。勇者候補の一人、〈氷の聖剣〉シューラ・アイドラとして魔法や剣術の指南、育成を施されて今に至ります」

「ふーん、なるほどな……」

「ざっくりですが、イフくんと離れ離れになってからの数年間はこんな感じですかね。イフくんの方はどうだったのですか？」

「あー……、うん。俺も似たような感じだな」

「凄い雑に嘘《うそ》つきますね……」

シューラがジト目で俺を見やる。

仕方ないだろ。こっちにも事情があって、詳しいことは言えないんだから。

などと思っていると、今まで黙って話を聞いていたイデアが口を挟んできた。

「妹さんが聖剣を授かるまで、大変な過去があったんですね。じゃあ、お二人が同じスキルを使えるのも兄妹だからなんですか？」

と、首を傾《かし》げて問うイデア。

こいつ、また余計なことを……

「それも気になっていることでした。同じ氷のユニークスキルが使えるなんて、兄妹でもあり得ないことです。イフくん、何か隠していますよね……？」

幼い頃とは違う、すっかり少女として整った顔をぐっと近づけ、シューラは俺の顔をじーっと覗《のぞ》き込《こ》む。

以前は感じられなかった甘い香りと鋭く厳しい視線が、良い意味でも悪い意味でも妹の成長を実感させてくるのだった。

さて、どう誤魔化したものか……

「そもそも、男の勇者候補自体がイレギュラーな存在なんだ。俺がシューラと同じスキルを持っていても、今さら不思議はないだろ」

「いえ、そんなことはありません。この世界において、ユニークスキルは唯一無二の魔法なのですから。魂が転生しない限り、同一のスキルが再び世界に生まれることは絶対にありません」

淡々と史実を語るシューラ。

さすが貴族様の英才教育を受けているだけあって、その辺の理屈はよく勉強しているらしい。

だが、それだけに困ったことになったな。逃げ場がねぇ……

こうなっては仕方ない。こっちの事情を説明できない以上、物理的な意味で逃亡を図るしかないだろう。

そう考えて、俺はベッドから腰を上げた。

「腹の探り合いはここまでだな。シューラにも今まで色々あったらしいが、それは俺も同じだ。どうしても言えねぇことだってある」

そう言いながら、俺は部屋の出入り口へと足を進めた。

すると、シューラが俺を引き止めようと声を上げる。

「待ってください、イフくん。最後に一つだけ聞かせてください」

「……なんだ？」

「とても重要なことです。イフくんがブルム・スカーライトを殺したのは、本意ではなかったのですよね……？」

真剣な声色で、シューラは俺に問いを投げかけた。

脳裏を過《よぎ》るのは、ファーストゲーム終盤で師匠を刺した、あの場面。

今でもはっきりと、ブルムの赤い血の生温《なまぬる》い感触を覚えている。

「ああ、そうだな。あれは本当に不本意だった。……ただ、必要なことだったんだ」

「それは、どういう――」

その言葉を最後まで聞くことなく、俺はドアに手を掛けて廊下に出て行った。

イデアも部屋に置いてきたが、弟子とはいえほぼ他人だ。別に気にするようなことじゃないだろう。

それに、今は一人になりたい気分だった。

勇者寮は王国にあるだけあって、存外優美な見た目をしている。

俺は赤い絨毯《じゅうたん》を踏みしめながら、どこかゆっくり出来そうで、直ぐには見つからないような場所を探し彷徨《さまよ》うことにした。

◇

やっぱり、イフくんと話をしておきたい。

そんな物思いに耽《ふけ》るが、どうしても今は他に優先しなければいけないことがあった。

運営管理棟の廊下を足早に歩いていると、やはりゲームの運営委員たちが慌ただしく動いている様子が視界に入ってくる。

勇者ゲームが始まったことで忙しくなっているのだろうが、その風景は少しだけ異質に感じられた。

耳を澄ましてみれば、「運営委員の死体が見つかった」だの「死体が消えてなくなった」だのと物騒な声が聞こえてくる。

運営委員たちの間で、それが大きな事件となっているのは間違いないようだった。

「シューラ・アイドラ様……？」

不意にシューラの名を呼ぶ声が、廊下に響き渡った。

そして、そちらに視線を送る。

すると一人の運営委員がシューラを見て、困ったような表情を浮かべているのだった。

「やはり、シューラ様でしたか。また無断で入って来られたのですね……」

「私も関係者として立ち入る権利はあるかと思いますが？」

「それは王族や貴族との関係者であって、運営側との関係では——」

「メルク皇女にお話があって来ました。お目通し願います」

相手の運営委員の言葉を遮り、シューラはさっさと本題に切り込む。

しかし……

「申し訳ありませんが、皇女殿下は現在ここには居《お》りません。それに、我々も急用が出来て多忙なのです」

「そうでしたか……。確かに何やら騒がしいようですが、どうかしたのですか？」

「ええ、まあ……」

渋々という様子だったが、その運営委員は「他の勇者候補たちには他言無用ですよ」と断りを入れてから事情を説明し始めた。

「運営委員が数人、何者かに殺されたようです」

「――――ッ！」

息を呑《の》むシューラ。

運営委員は声を潜めて、淡々と続きを口にしていく。

「殺害されたのはおそらく、ファーストゲームのあとでしょうね。外傷はすべて刃物によるものだということでした」

「ほ、本当なのですか……!?　まさか、そんな事件が起こっていたなんて……」

「事実です。しかも、これだけの人数を殺しておきながら、まったく目撃証言もありません。犯人は相当な手練《てだ》れなのでしょう。もしかしたら――」

一瞬、迷うような素振りを見せたあと、運営委員は小さく続きを口にするのだった。

「――犯人は、勇者候補生の中に居るのかもしれません」

「まさか……」

シューラは信じられないといったふうに、目を見開く。

「もちろん、確証があるわけではないです。ですが、用心するに越したことはありません」

それを聞き、考えを巡らせるように眉間に皺《しわ》を寄せるシューラ。そして、再び運営委員の顔を見ながら、真剣な表情で口にする。

「分かりました。念の為《ため》、こちらでも探りを入れてみましょう」

「はい、よろしくお願い致します」

運営委員が一礼をすると、シューラは「では、私はこれで失礼します」と言ってその場を後にした。

それから運営管理棟の廊下を進むが、どこもかしこも運営委員たちは慌ただしそうに働いている様子が窺《うかが》えた。

「あの、セカンドゲーム担当の増員はどこへ向かえばいいですか？」

「それなら、資料に書いてある通りだ。こんな状況だが、スケジュール通りにゲームを始めるらしい」

「皇女殿下も無茶を言ってくれるよな、まったく……」

急な人手不足でどこも忙しいのだろう。誰もさしてこちらを気にするような素振りは見せなかった。

◇

翌日のこと。

セカンドゲーム開始を受け、生き残った俺たち勇者候補八〇名は、再び王国広場に集められていた。

ただ昨日と違うのは、明らかに勇者候補ではない、それも勇者ゲームとは無関係そうな一般人らしき人々が、勇者候補生と同じくらいの数だけ広場に居るということだ。

さらに、その周囲には運営委員たちの姿もあったが、説明らしいことは何もせず、ゲームの開始を黙って待っている様子だった。

「これだけ人が居ても、あんまり狭くは感じないですね。さすが王国の演説広場です」

辺りをきょろきょろ見渡しながら、イデアは能天気な感想を口にした。

「にしても意外だな。もっと人数が減ってるものだと思ってたんだが……」

「師匠や妹さんのお陰で、ファーストゲームでは大勢が生き残りましたからね」

「いや、そうじゃない」

「ん、どういうことです……？」

周囲の勇者候補生たちの顔色を何気なく窺いながら、俺は言った。

「昨日、あんなことがあったんだから、反発したり逃げ出したりするような勇者候補だって居るはずだろ。なのに、運営側に対して従順過ぎる気がしてな……」

「あ、そういえば師匠は知らないんでしたね。倒れて気を失っていたから」

「ん？　やっぱ、何かあったのか？」

物知り顔のイデアに問う。まあ、伝説の勇者と俺たちを殺し合わせるような連中だ。あまり良《い》い予感はしない。

「実は私たち、ファーストゲームのあとに警告……というか、脅迫を受けているんですよね。『勇者ゲームから逃げ出せば、一番大事な人が殺される』って」

「そりゃまた随分とあからさまだな。王国が主導で人質を取るなんて」

「でも、脅迫としては有効ですよね。ハッタリとは思えないですし、何よりここで逃げ出すようでは勇者の名折れですから」

さすが一国家が相手なだけあって、国民の弾圧はお手の物か。

でもまあ、そんな脅しをされたところで俺に大事な人なんて居ないのだが。

それに、俺の行動指針には何も影響はない。ここから逃げ出す気は一切ないからな。

そんな説明をするイデアの口調も、どこか他人事《ひとごと》のように感じられたのだった。

「お前、ずっとそんな調子で余裕そうだけど平気なのか……？」

「それは師匠だって同じじゃないですか。昨日、妹さんから逃げて部屋を出て行ったかと思えば、ぼーっとしながら帰ってきて一日中そんな感じでしたし」

「俺だって疲れてたんだよ。仕方ねぇだろ」

「それにしても、男女が同じ部屋で寝泊まりするというのに、何もなかったのは如何《いかが》なものかと。何があっても良いように、勝負下着つけてた私がバカみたいじゃないですか」

「それは確かにバカだな」

昨日のファーストゲームであれだけ過酷だったのだから、セカンドゲームも油断など出来るわけがない。

あらゆる状況に対応できる策を考えながら、結局何も思いつかなくてぼーっとする時間は必要不可欠だろう。……やっぱ不要な気もしてきたな。

まあ、とにかく心構えだけでも作っておくことが重要なのだ。

こいつに構って、無駄な時間（？）を過ごしている暇はなかったということだ。

「で、イデアの方はどうだったんだ？」

「純白のレースですけど」

「下着じゃねぇよ。セカンドゲームのことを考えたりしなかったのか聞いてんだよ」

俺が言うと、イデアは「なーんだ、そっちですか……」と呟《つぶや》きながら、少し考えるようにして言葉を続ける。

「私はべつにですね。セカンドゲームの内容も知りませんし、何より私は死にませんから」

なんて、あっけらかんと言ってのけるイデアだった。

「……それも直感か？」

「そうですね。師匠に付いて行けば余裕で生き残れるって、そんな気がするんです」

「そ、そうか……」

こいつの余裕綽々《よゆうしゃくしゃく》な感じ、どうにも鼻につくな。しかも、俺頼りというところが余計に。

イデアの直感が本物であることは、なんとなくだが信じている自分がいる。

しかし、もちろん過信は出来ない。

そもそもイデアが本当のことを言っているのか、俺には判断がつかないわけだしな。

まあ、参考程度に聞き留《とど》めておくのがいいだろう。

なんて話をしていると、周囲が途端に騒がしくなる。

見やると、演説台の上に白銀のドレスを纏《まと》った美しい金髪の女性が姿を現したのが分かった。メルク・ライビア皇女である。

「勇者候補生たちよ、これよりセカンドゲームを始めるわ！　存分に勇者の力を振るい、その実力を示しなさい！」

するとと運営委員たちが一斉に、その場に待機させられていた一般人と思《おぼ》しき人々を誘導し始めるのだった。

「そこに居る者たちは、先日の魔族襲撃を受け、住んでいた村を追われることになった難民たちよ。暫《しばら》く王国で保護していたが、先刻この難民を受け入れてくれる村が決まったわ」

メルク皇女が説明を続けるが、いまいち要領を得ない。

魔族からの襲撃があったとはいえ、その難民たちと勇者候補生を引き合わせることに何か意味があるのか……

「魔族の侵攻は激しくなっていく一方ですね。今では珍しくもありません。師匠も昔、あんな感じだったんですか？」

気を使うという感性が欠如しているのか、イデアが首を傾《かし》げながら古傷を抉《えぐ》ってくる。

とはいえ、俺みたいな捻《ひね》くれ者は変に気を使われる方が気に障《さわ》るものだ。むしろ、イデアの対応は清々《すがすが》しいとさえ感じる。

「俺のときはまったく違うな。俺の村では、それこそ誘拐と大量虐殺だったから、村を逃れて難民と化したやつの方が珍しかったと思う」

それこそ、シューラが生きていると考えなかった理由だ。あの目立つ顔の傷も、そのときに負ったものだった。

しかし、今は感傷に浸っている場合ではない。

俺は再びメルク皇女の声に、耳と意識を傾けた。

「セカンドゲームでは、お前たちの実力よりも、勇者の素質があるかを試させてもらう。ルール自体は簡単よ。そこに居る村人と二人一組で行動を共にして、ライビア王国の先にある森を抜け、村人を生きたままエノレナ村まで送り届けること。ただ、それだけよ」

と、メルク皇女は簡潔にセカンドゲームのルールを説明した。

……で、それだけ？

ファーストゲームの内容と比べると、拍子抜けするくらい簡単な気がしてならない。

昨日は〈爆炎の勇者〉を相手にしたにもかかわらず、今回はせいぜい森に出るモンスターを倒す程度だろう。

その辺の森に出るモンスターなんて、殆《ほとん》どが中級以下ばかりだ。

駆け出し冒険者ならまだしも、今さら勇者候補生が苦戦するような敵ではない。

現に周囲の勇者候補たちも似た考えなのか、同じようなことを口にしていた。

「随分と簡単そうなルールだね。これなら余裕だろうな」

「要するに、おつかいクエストというやつですね。テレビゲームでよくやりました」

「……アオイは時々、意味の分からないことを言い出すよね」

「ああ、すみません。遠い生まれ故郷の話です。アリウスさんは気にしないでください」

グラップラーのような籠手《こて》を身に着けた茶髪の少女と、眠そうな瞳をした水色の髪留めの少女が話をする。

内容はよく分からなかったが、余裕綽々であることはその態度から察せられた。

すると、メルク皇女から「ただし……」と凛《りん》とした声で補足を告げられる。

「勇者候補生は森で村人と逸《はぐ》れないよう、手錠でお互いの片腕を繋《つな》いでもらうわ。この手錠は魔道具になっていて、破壊するには数日を要するから無駄なことは考えないように。

——そして、もう一つ。受け入れ先の村は小さく、そこで生活できるのは全体で一五〇人が限度。村には既に九〇人が暮らしているわ。要するに、残りの枠は早い者勝ちよ。エノレナ村の許容人数を超えたら、遅れて来た者は失格とする」

口元を吊《つ》り上《あ》げ、挑発でもするようにしてメルク皇女は説明を終えたのだった。

なるほど、そういうことか。

勇者候補同士を競わせることで、セカンドゲームの難易度を俺たちの実力に依存させたということだ。皇女様も存外、いい性格してやがる。

「つまり、ファーストゲームを生き残った勇者候補八〇人の内、単純計算で二〇人が脱落するってことだな」

「四分の一が脱落ですか。これは急がないといけませんね」

イデアが気合いを入れるように、胸の前で拳を握った。

単に戦闘能力だけで勝負が決まらないゲーム内容となれば、イデアのような実力に乏しい勇者候補にも勝ち上がりが見えてくる。

おそらく、現状の最強を勇者にするという方針ではなく、少しずつ理想の勇者を育てていくのが勇者ゲームの在り方なのだろう。

かなり回りくどいようにも思えるが、あのブルム・スカーライトを超える勇者を生み出すのであれば、それだけ時間と手間をかける必要があるのだと納得できる。

「では、ペアとなる村人と手錠を繋がせて頂きますので、片腕をお出しください」

「あ、はいっ！」

運営委員の一人が近づき、イデアの左腕に手錠をかける。

その逆サイドには、同じく手錠に繋がれた小さい女の子が、怯《おび》えた様子でイデアのことを見つめていた。

女の子は七歳前後といったところか。薄汚れたボロの白いワンピースを着ており、その表情には不安の色が窺《うかが》える。まだ小さい子供だ。無理もないだろう。

「よしよし、大丈夫だよ。きっと、あの目つきと性格の悪いお兄さんが、新しい村まで連れて行ってくれるからね～」

「う、うん……」

「誰が目つきの悪いお兄さんだ。つーか、せめて自力で送り届ける意志を見せろ」

「そこは適材適所ですから。というか、性格の方は否定しないんですね」

女の子の頭を撫《な》でながら、イデアは呆《あき》れたような視線で俺を見てきた。

いや、お前の対応も大概だと思うけどな……

まあいいか。何にせよ、俺のやるべきことは変わらない。

セカンドゲームをクリアして、勇者の実力を身につける。ただ、それだけだ。

「ほら、キミも腕出して。村人と繋ぐから」

「ん、ああ……」

運営委員に言われた通り、左腕を突き出す俺。

んで、ペアになる村人は……

「ゆ、勇者様。エノレナ村までの間ですが、よろしくお願いします……っ！」

緊張したように上擦《うわず》る声で言いながら、一人の女性が俺の前で上目遣いに佇《たたず》む。

おっとりしたお姉さんという風貌の女性だった。身体《からだ》の前で組んだ腕が、大きな胸に沈み込んで柔らかく形を変える。なんかエロいな、この人……

「あの～、勇者様……？」

「いや、なんでもない。こちらこそよろし――」

「あ、失礼。キミの相手はそっちのおっさんだったみたい。ペアの相手を間違えました」

「ちょ、え……運営さん⁉」

さっきの運営委員にぐいぐい腕を引かれ、巨乳のお姉さんから引き剝がされていく。

そして、俺の前には小汚い村人のおっさん。

おいおい、一瞬期待させておいてそれはないだろ……

「んだよ、勇者候補ってのは女だけじゃなかったのかよ！　こんな弱そうな男がペアなんて聞いてねぇぞ、クソが！」

しかも、見た目のついでに口も悪いおっさんだった。大ハズレの予感しかしない。

こ、これ作為的に選んでませんかね……？

俺が勇者候補生で唯一の男だからって、こんなやつ押し付けないでほしいんですけど。

「では、手錠で繋ぐので腕を出してくださいね」

「あ、はい……」

悲しいかな、俺は左腕がおっさんと繋がれるのをただ見ていることしか出来なかった。

まあ、致し方なしだな……

これも必然だったと受け入れるしかなかろう。

「ちっ、女と繋がれると思ったのに、相手がこんなクソガキだなんて最悪だな」

「奇遇だな。俺も同じ感想だよ、おっさん」

皮肉を返し、俺は腕を引っ張りながら広場の中央へと戻った。

こうして、すべての勇者候補が村人とのペアを作り終え、やがてセカンドゲームが開始されたのだった。

◇

――ライビア王国を出てから数時間後。

俺とイデアはそれぞれペアになった村人を連れて、王城の外れにある森に足を踏み入れていた。

んで、さっそくモンスターの群れに襲われていた。

【ガアアアァ‼‼】

「こ、この……ッ！」

イデアは犬の顔をした二足歩行の低級モンスター――コボルトに向かって片手剣を振るうが、その剣は空を切るばかりで敵に当たらない。コボルトは低級とはいえ、すばしっこいモンスターだ。適当な攻撃が当たるほど、バカなワン公じゃない。

だが、即座にコボルトへの追撃で距離を詰めようとすれば……

「きゃっ⁉」

「あわわ、ゴメンなさい！」

腕を引っ張られた女の子から短い悲鳴が上がり、イデアが即座に追随の足を止めた。

手錠が邪魔になり、どうしても村人の存在が枷《かせ》になる。

腕が繋がれているせいで行動が制限され、低級モンスターが相手でも苦戦を強いられるのだった。

なるほど、道理でセカンドゲームの内容として提示されるわけだ。これは思っている以上に厄介なゲームかもしれない。

「おいイデア、邪魔だから下がってろ！　俺が仕留める！」

「じゃ、邪魔とはなんですか！　確かにそうかもしれませんけどっ！」

納得してるじゃねぇかよ……

っと、まあいい。俺が前に出てコボルトを殲滅《せんめつ》すれば、この場は切り抜けられる。

正直なところ、イデアがどうなろうと俺には無関係だし、見捨てるという選択肢もある。

というか、初めはそうしようとした。

しかし、コボルト以上に厄介なことに、俺の弟子である立場を盾にして、イデアはずっと俺の後を引っ付いてくるのだった。

しかも、どこかで撒《ま》こうとしても、持ち前の勘の良さで必ず合流してきやがる。

マジでどうしようもないので、俺は別行動を諦めたのだった。

それでも、見捨てるべきときが来れば、しっかり見捨てるつもりだ。いずれにせよ、そのタイミングは必ず訪れる。勇者になれるのは、最後に残った一人だからな。

「ほら行くぞ、おっさん」

「痛ッ⁉　おい、もっと丁寧に戦えよクソガキ！　腕が引っ張られるんだよ！」

「仕方ねぇだろ。じゃなきゃコボルトの餌になるだけだ」

声と態度のデカいおっさんに文句を言われながらも、俺はコボルトの群れを相手に戦う。

基本的にこちらからは動きづらいので、攻撃を仕掛けてきたコボルトにカウンターを仕掛ける形での応戦だ。

近距離の接近戦しかしてこないモンスターなのが幸いして、顎による噛《か》みつきと爪による攻撃に警戒すれば、あとは氷の剣を振るタイミング次第で反撃することが出来る。

【グガアアアアッ!!!!】

「……ここだ！」

近づいてきたコボルトに対し、大股で一歩距離を詰めながら素早く氷の剣を薙《な》ぐ。剣はコボルトの腹部を真横に切り裂き、そしてコボルトとおっさんが悲鳴を上げながら地面に倒れた。

……なんか余計なやつまで倒れた気がするが、そこは気にしなくていいだろう。

俺が戦いを続けている間、イデアは攻撃の回避と女の子を守ることに専念している。まあ、判断としては悪くないだろう。ここは俺一人でも乗り越えられるからな。

「喰《く》らえ――――ッ！」

【グガ……アアアア、アア……】

視界に入った最後の一匹を叩《たた》き切《き》り、戦闘が終了する。

これで、やっと一息つけそうだ。

周囲にはコボルトの亡骸《なきがら》が散乱していた。平常時であれば、皮など素材になる戦利品を剝いで金を稼ぐところだが、今は勇者ゲームの最中なので放置するしかなさそうだ。

「ったく、腕が痛くて堪《たま》らねぇよ……」

「お互い様だ。我慢しろ、おっさん」

「へいへい」

不愉快そうに俺を睨《にら》んでくるおっさんだったが、俺が言い返すと腕をさすりながら悪態をついて黙る。

一方で、始終戦闘に参加しなかったイデアはというと、無駄に元気そうな声を掛けながら、女の子の手を握ってこちらに近づいて来るのだった。

「お疲れ様です、師匠！」

「イデア、お前ホントになんもしなかったよな……」

「はいっ‼‼　恐縮です‼‼」

「せめて態度に出して、恐縮してるフリだけでもしろ」

「まあまあ。いいじゃないですか、お互い無事だったんですから」

イデアは雑に誤魔化しながら、ただの一度も敵に当たらなかった綺麗《きれい》な片手剣を鞘《さや》に収める。攻撃を喰らわないのはいいが、こっちの攻撃も当たらないんじゃ意味がない。

こいつ、勇者としてどうなんだろうな……

なんてことを思っていると、村人のおっさんはダルそうに声を上げた。

「まったくよぉ……。クソガキじゃなくて、どうせ繋《つな》がれるなら俺もこっちのお嬢ちゃんがよかっ――痛って⁉」

イデアの肩に手を伸ばそうとしたおっさんを、手錠ごと無理に引っ張る。

「ほら、さっさと行くぞ」

「ちっ……」

こいつに輪を乱されるのは得策じゃない。ただでさえ足手纏《あしでまと》いなのだから、余計なことはさせない方がいいだろう。

――などと考えていたせいか、不意に接近してくる気配に一瞬反応が遅れた。

【ガウッッッ！】

獣道を横切り、一気に距離を詰めてくるコボルト。

「な……ッ⁉　まだ残ってやがったのか……⁉」

俺は氷の剣を再び構えるが、目と鼻の先にある鉤爪《かぎづめ》の方が早かった。

クソッ、油断したな。

仕方ない。この一撃は素直に貰《もら》って、捨て身のカウンターを――

と、脳裏で考えながらアクションを起こす刹那。

冷気を放つ槍《やり》が視界を走り、コボルトの胴体を正確に貫いて一瞬で絶命させる。

この光景には既視感があった。この氷の槍、もしかして……

「間一髪でしたね、イフくん」

「やっぱりシューラか。……こうして助けられるのは二度目だな」

見ると、そこにはやはり村人と手錠で繋がれたシューラの姿があった。

ペアの村人は幼めの女の子だったが、歳《とし》は一〇歳前後くらいで、イデアと繋がれた女の子より一回り年上に見える。

シューラは氷の槍が刺さったコボルトを一瞥《いちべつ》し、首を傾《かし》げるのだった。

「これ、普通のコボルトですよね……?」

「そうだな」

よく分からないシューラの問いに、俺は素直な答えを返した。

「その氷の剣ではなく、スキルによる魔法攻撃なら不意打ちへの反撃も間に合ったはずです。どうして、そうしなかったのですか?」

なるほど、そういう疑問か。

さすが〝本物の〟氷スキルの使い手だな。実に痛いところを突いてきやがる。

「魔力に余裕がなかったんだよ。それだけだ」

「嘘《うそ》ですね。氷魔法を出して反撃するだけなら、たいした魔力消費でもないはずです。そもそも魔力の総量が少なければ、勇者の印が発現することもありませんし……」

と、シューラは訝《いぶか》しげに矛盾点を上げ、言葉を続ける。

「やっぱりそれ、氷のスキルじゃないですよね。何かの能力を偽装しているだけです。イフくんは、いったい何を隠しているのですか？」

俺を見つめ、疑問を口にするシューラ。

イデアといい、シューラといい、根本的なところは違っていても、勘の良《い》いやつというのは厄介な相手だな。ヘタな誤魔化しは通用しないかもしれない。

しかし、事情を明かせない以上、やはり話を有耶無耶《うやむや》にして撤退するしかなさそうだ。

「どうもこうもない。これが俺に与えられたスキルってだけだ」

「……話す気はない、ということですね」

「ま、そういうことだな。行くぞ、イデア」

俺が言うと、黙って成り行きを見守っていたイデアは「いいんですか……？」と小さく問うて俺の横に立つ。

「勇者ゲームを続けていれば、いつか知ることになるかもしれない。詳しい話は、その時にでも（気が向いたら）しよう。じゃあな、シューラ」

「あ、イフくん……」

それだけ言い残し、俺はイデアと村人たちを先導するようにして、この場を去って行く。

いつまでも足止めされていたら、他の勇者候補生に先を越されかねないしな。

セカンドゲームをクリアできる定員数は決まっているのだから、今は無駄話をしているよりも先を急ぐべきだろう。

俺たちはさっさとシューラと別れ、森の奥へと足を進めるのだった。

◇

あれから森を進んでいくイフくんの姿を、遠目からこっそり眺めていた。

尾行しているのがバレたら、あとで何を言われるか分からなかったので、少しだけ。

それに、いつまでも彼を追っていたら、自分の同行者の機嫌も損ないかねないだろう。

「随分と彼に固執しているようですが、何か気になることでも……？」

不思議に思われたのか、彼女が視線を向けながら問うてきた。

その声は冷静沈着で、見た目よりもかなり大人びた印象を受ける。

「まあ、好きな男の子の動向は気になるじゃないですか」

「え？」

「いや、冗談ですよ」

目を丸くする同行者にそう告げると、少しだけむっとした視線を向けられたのだった。

きっと彼女は真面目な性格なんだろう。そんなことを思った。

「無駄話をするなら、置いていきますからね」

「あはは」

「冗談ではありませんよ、まったく……」

「はいはい、分かってますよ」

彼を監視する大義名分があるとはいえ、いつまでもイフくんだけに構っている暇はない。

後ろ髪を引かれる思いだが、他にやるべきこともあったので、彼らを迂回《うかい》しながら先に進んでしまうことにした。

「大丈夫かな、イフくん……」

最後に一度だけ振り返り、そちらの方を一瞥しながら呟《つぶや》く。

見たところ、魔力を存分に使えない彼は、長丁場となるセカンドゲームとの相性が悪いように思えた。

しかし、イフくんには勇者になるという強い覚悟がある。

心配せずとも、きっとエノレナ村まで辿《たど》り着《つ》くはずだ。

けれど、それはそれとして……、イフくんがよく知らない少女とずっと行動を共にしている点については気が気ではなかった。

これに関しては、いずれしっかり問《と》い質《ただ》すことを心に決めている。

あまり口を出すことではないかもしれないが、家族として気になってしまうのは無理もないだろう。たとえ暫《しばら》く離れ離れになっていたとしても、だ。

そんな心中を悟られないよう、顔を隠しながら同行者と共にエノレナ村へと急いだ。

◇

森の中を突き進むこと数刻。

周囲の雰囲気が一変したと気づくのに、そう時間は掛からなかった。

「な……なんですか、これは……？」

「ひっ……!?」

隣で立《た》ち竦《すく》むイデアから、恐怖を孕《はら》んだ声が漏れ出た。そして、ペアの女の子からも。

まあ、無理もないだろう。

森の奥へと進むと、咽《む》せ返《かえ》るくらい強烈な血の臭いが肺を満たした。

周囲に転がっていたのは、無残な死を遂げた勇者候補生の少女たち、そして彼女らに繋がれた村人たちの亡骸だった。

ざっと視界に入るだけでも、手錠で繋がれた四ペア分の死体が落ちている。

死体にはどれも食い破られたような肉体の欠損が見受けられた。

撒《ま》き散《ち》らされた血の跡を見ても、ここで激しい戦闘があったことが容易に想像できる。

それらを見たイデアは、怯《おび》えていたペアの少女の視線をそっと遮るのだった。

「酷《ひで》えな状況だな、こりゃ……」

「うっ……!?」

俺が呟くと、手錠で繋がれたおっさんは嗚咽《おえつ》を漏らしながら、空いた片手で口元を押さえる。

気持ちは分かるが、こんな状況でゲロ吐かれでもしたら堪ったもんじゃない。どうにか我慢してほしい……というかマジで耐えろ。

「し、師匠、これは……」

凄惨な光景を見せないよう、イデアは片腕で女の子に目隠しをしながら俺に問うた。

「たぶん、中級以上のモンスターにでも襲われたんだろうな」

「でもどうして、この一カ所にだけこんな多くの死体が……?」

「おそらく、これをやったモンスターの縄張りなんだろう。出くわす前に、俺たちもさっさと離れ……いや、ダメか」

「え、どうしてですか？」

小首を傾げるイデアに、俺は簡潔な答えを返す。

「もう手遅れだ。やるぞ」

「え……、ええっ⁉」

俺たちの視線の先に、巨大な体躯《たいく》の爬虫類《はちゅうるい》が現れる。硬《かた》そうな鱗《うろこ》に赤く濡《ぬ》れた大顎、人間と同じくらいのサイズがあり、地を這《は》う竜のようなフォルムのトカゲだった。

「ジャイアントリザードだな」

氷の剣を構えながら、俺はその名を口にする。

べつに初めて見るわけでもなければ、狩ったことがないわけでもない。どんな森にでも一般的に生息しているような普通のモンスターだ。ちょっと強いだけの、な。

勇者候補の実力があれば、難なく倒せる相手だろう。

……平常時であれば、の話だが。

さっきのコボルトとの戦いで分かる通り、手錠で拘束されながらの戦いというのは非常に困難を強いられる。

いや、ただ拘束されているだけならば、そこまで苦戦することもなかっただろう。もっと問題なのは、村人の存在か。

村人の同行はセカンドゲームのクリアに必須な条件であり、死なれてはならない護衛対象でもある。ある種の人質や要人と言い換えてもいいだろう。

そんな村人に気を使いながらの戦いというのは、ただ拘束されている以上に戦闘を縛られる。

こんな状況でなければ、万が一にも勇者候補が死ぬようなこともなかったはずだ。

逆に言えばこの状況は、勇者候補が殺されるレベルの脅威であるということ。

舐《な》めて掛かれば、転がっている死体と運命を共にすることになりかねない。

「お、おおお、おいクソガキ⁉ は、早く逃げるんだよ！ あんな化け物と戦うなんて無茶だろ⁉」

「無駄に騒ぐなよ。他のモンスターまで集まって来るだろ」

「そんな冷静なこと言ってる場合じゃねえだろクソガキ！ ど、どうすんだよ‼‼」

半ばパニックになっているのか、目の前のモンスターの巨体におっさんはビビり散らしている様子だった。

本来であれば、ジャイアントリザードごとき恐れるに足らない相手なんだが……

こうも勇者候補たちの死骸が辺りに転がっていると、死に対するリアリティがクリアに見えてくる。本能が五月蠅《うるさ》いくらいに危険を訴えてきた。

「やるぞ、イデア！　この状態で逃げ切るのは無理だ！」

「は、はい師匠！　可能な限り援護します！　たぶん‼‼」

「随分と頼もしい返事だな……。まあいいか……」

イデアの声を後方で捉え、おっさんと繋《つな》がれた手錠を引っ張りながら、俺はジャイアントリザードと対峙《たいじ》する。

隣からは「おい！　逃げねぇのかよ⁉」というおっさんの情けない声がするが、無視して手に持った氷の剣を振り上げ、ジャイアントリザードの鱗に叩《たた》きつける。……が、先に砕け散ったのは俺の持つ氷の剣だった。

「クソ、やっぱ硬《かて》ぇな……」

氷の剣では表層からダメージが通らないようだ。通常であれば、鱗の薄い腹部を狙うところだが、自由に身動きが取れない状況でモンスターの懐《ふところ》に飛び込むのは危険過ぎる。だったら……あまりやりたくはないが、剣以外の形状で氷を顕現させて戦うべきか。

俺は腰のホルダーから水の入った瓶を取り出し、蓋を開けて中身を投げ飛ばす。

「凍れ――ッ！」

俺は地面に指を突き、濡れた地表を伝ってジャイアントリザードの真下から氷の剣山を顕現させる。

四足歩行の真下、完全な死角から突如として現れた剣山はトカゲの腹部を容易に貫き、確実に内側へとダメージを通した。

【ギャアアアアアア、アアアアアアアア、アアアアアアアア‼‼】

耳を劈《つんざ》くような咆哮《ほうこう》が響き、興奮した様子で大口を開けるジャイアントリザード。

そのまま臨戦態勢を見せ、一気に突進しながら距離を詰めてくるのだった。

なら、ここは一旦引いて……

「師匠！　そのまま受け止めといてください！」

「は⁉　いや、無茶言うなっつーの……！」

迫り来るジャイアントリザードを回り込むようにして、イデアはペアの女の子の身体《からだ》を抱えながら俺の真横を走り抜ける。

「ちょっとだけ目を瞑《つぶ》っててね……！」

「う、うん……！」

ぎゅっと目を瞑る女の子を確認してから、イデアはジャイアントリザードの後方へと向かって行った。

ここで俺が下がれば、次の標的はあっちの二人だ。マジで無茶苦茶しやがるな……

仕方なく、俺はまた腰のホルダーから瓶を出し、その水を使って氷の大剣を顕現させた。ジャイアントリザードの大きく開けた口に大剣を叩き込み、その突進を真正面から受け止める。

「く、クソがッ……」

氷の大剣はその大口に噛《か》まれ、一瞬でヒビが入った。

こっちは巨体による突進を受けて、体勢を維持するだけでも精一杯だ。ジリジリとジャイアントリザードに押し込まれ、徐々に足元が後退させられていく。

「ひぃいいい!? お、おい！ どうにかしろクソガキ！ お前は勇者なんだろ！ こんなモンスターくらい、さっさと倒せよ！」

隣でおっさんが情けない声を上げながら訴えかけてくるのだった。

「うるせぇな！ 今やってんだろうが……ッ！」

パニックに陥ったやつほど、何を仕出かすか分からない。おっさんが余計な行動を取る前に、俺としてもさっさとケリを付けたいところではあるのだが……

すると、ふとイデアの声が響く。

「っと！ やぁっ!!!!」

【グアアアアアアアア、アアアアアアアア、アアアアアアアアアッ⁉】

不意にジャイアントリザードが再びの咆哮を上げる。

見ると、死角になる真後ろからイデアが不意打ちを仕掛け、手を回して片手剣で腹部に攻撃しているのだと分かった。

……だが、それは悪手だったかもしれない。

【ギャアアアアアアアアアアアアアアアアアアアア‼‼】

俺の持つ大剣を振り払い、ジャイアントリザードはその場で激しく暴れ回る。

明確な攻撃とも呼べないような防御反応だったが、その周囲でロクに動けない俺たちにとっては十分な脅威だった。

「がはぁっ……⁉」

大木のような剛腕が振り払われ、鋼のように硬い爪に襲われる。氷の大剣は粉々に砕け散り、ジャイアントリザードの爪が俺の身体を穿《うが》つ。

自分の腹部から、生温かい体液が流れ出るのを感じた。すると、同時に服が真っ赤に染まっていく。クソ、痛《い》ってぇじゃねぇかよ……

「師匠⁉　血が……だ、大丈夫ですか⁉」

「ま、まあ、心配すんな。ちょっと服がオシャレな色になっただけで――くッ⁉」

「笑えない冗談言ってる場合じゃないですよぅ⁉」

「ま、とにかく、こっちは気にすんな」

　虚勢を張りながらも、俺は即座にまた新しい氷の剣を生み出した。

　これで四回目か……。

　心配なのは身体よりも魔力の方だった。今の魔力量では、あと二回までしかスキルを発動することが出来ない。

　一日に六回だけ。それが俺の持つ氷のスキルを使える魔力の限界値だ。

　そして、問題はもう一つ。

「うわぁああああああああああああああ⁉　や、やめろ！　俺は死にたくない‼‼　に、逃げ——あああああああああっ‼‼」

　ガチャガチャと手錠が鳴り、無理やりに引っ張られる俺の左腕。

　案の定というべきか、俺と繋がれたおっさんは完全なパニックに陥り、ぎゃーぎゃー騒ぎながら身を動かす。

　一方でジャイアントリザードはというと、血走った眼《め》で俺とおっさんの方をギロリと睨《にら》んでいる。大声で騒ぎ、刺激し過ぎたのだろう。先に仕留めるターゲットが決まったのだと、容易に察せられた。

「お、俺を助けろクソガキ‼‼　困ってる村人を助けるのが勇者だろ‼‼　あのトカゲを早くぶっ殺せ！　殺せぇぇぇぇぇぇぇぇッ‼‼」

怒号のような絶叫が、緊迫した空気に振動した。

その瞬間、ジャイアントリザードが大顎を開けて狙いを定める。

……仕方ないか。こうなったら、もうやるしかねぇよな。

氷の剣を構え、俺はジャイアントリザードに〝背を向けた〟。

「おっさん、二つ勘違いしてるぜ。一つ、俺はまだ勇者じゃない。そんで二つ目、新世代の勇者は困っている人を助けてくれるような存在じゃない」

「はあ⁉　おま、何して……」

「新世代の勇者ってのは——魔王を殺すやつのことだ。その為《ため》なら、悪鬼羅刹にもなり得る……ッ‼‼」

俺の振り上げた氷の剣は、鮮やかな切れ口で以《もっ》て〝村人のおっさんの腕を切断した〟。

これで、俺は自由の身だ。

罪のない村人の不自由と引き換えだけどな。

「う、ううう腕がぁああああああああああああああッッッ⁉」

何度目とも知れない絶叫。

しかし、これは痛みの伴った叫びだ。本質的な部分が違う。

……おっさん、俺はあんたとペアになれて幸運だったみてぇだ。なんせ、こんなにも罪悪感なく邪魔な腕を切り落とせたんだからな。

それに、師匠の首を刺したときに比べれば、これくらい——と、思いかけ、自分が自分から離れて行くのを感じて頭《かぶり》を振った。せめて、尊い犠牲だと思っておくことにしよう。

「さて、やるか」

迫りくる大顎を寸前で躱《かわ》し、叫ぶおっさんを後方に押し飛ばしてから俺は地面を蹴る。

氷の剣をトカゲの目に突き刺すと、のけぞるような体勢で絶叫が放たれた。

【アアアアアアア、アアアアアアアアアァァァ‼‼】

構わずジャイアントリザードの足元から下に滑り込み、腹部に剣を突き刺したまま駆けて刺し傷を広げていく。

飛び交う血、溢《あふ》れる臓物、耳に残る鳴き声。

そのすべてを感じながら、確実に命という獲物を刈り取っていく。

撒《ま》き散《ち》らす体液が視界の色と風景を塗り替えた頃には、小さく痙攣《けいれん》を続けるデカいトカゲが地面を転がっていた。

こんなやつを相手に恐怖したことが不思議なくらい、決着は一方的だった。まあ、勇者候補であれば当然か。べつに俺が特別というわけじゃない。

「し、師匠……」

「ああ、終わったぞ」

振り返ると、ちょっと引いたような表情のイデアが立っていた。震える女の子を後ろから抱きしめるようにして、相変わらず目隠しをしながら。

女の子が「お姉ちゃん……？」と引《ひ》き攣《つ》った声で問うと、イデアは「大丈夫だよ」と曖昧な答えを返すのだった。

「あの、師匠。これは少しやりすぎな気もしますが……」

「下手に嬲《なぶ》るより、さっさと楽にしてやった方がいいだろ」

「いえ、そっちではなく……」

イデアの視線の先には、肘から先がなくなったおっさんが嗚咽《おえつ》を漏らしながら痛みに耐えている姿があった。……そういえば、そうだったな。

俺が近づくと、おっさんはビクンと肩を震わせ、悪魔でも見るような眼で俺を睨みつけたのだった。

「て、てめぇ、クソガキ……ッ！」

「止血はしてやる。恨みたければ恨め。……けど、俺は後悔してねぇからな。あれが最善手だったんだ。べつに分かってもらおうとも思わねぇけど」

腕の切り口に触れ、氷のスキルで止血を施す。

よほど放置しなければ、出血で致命傷にはならない……と思いたい。もちろん俺に医学の知識なんてないから、正確な判断など出来なかったわけだが。

それでも、時間に余裕がないことだけは確かだろう。出血のこともそうだし、残りの定員数を考えても同じことだ。

「言いたいことはあるだろうけど、今は先に進むぞ。派手に騒ぎ過ぎたからな、ここに留まっていれば別のモンスターが集まって来かねない」

「わ、分かりました……っ！」

「…………」

「クソが……」

さっきの戦闘を味わったせいか、反対意見は出なかった。

それどころか、さっさとこの場を離れようとする意志さえ垣間見《かいまみ》える。

ただ、最後に。

俺は刃先がボロボロになった氷の剣を地面に突き刺した。

どうせ魔力で維持していても、もう使い物にならないものだ。死者への手向けにはお粗末だが、何もないよりはマシだろう。

地面に横たわる勇者候補生と村人だったものを一瞥《いちべつ》して、俺は先へと歩を進めた。

◇

あれから、どれだけ歩いただろうか。

その道中は終始無言だった。

ただ、村人のおっさんの苦しむような息遣いだけが耳に張り付く。それに、イデアと繋《つな》がれた女の子の表情にも、やや疲れの色が窺《うかが》えた。

やがて、先程の場所から十分に離れたと思われる頃、イデアがおもむろに小声で俺に問いかけてきた。

「師匠……その、村人さんの腕、切っちゃってよかったんですか……？」

「倫理的にはアウトだろうな。でも生憎《あいにく》、俺は道徳が苦手なんだ」

「では、セカンドゲームのルール的には……？」

「そっちは元より、これが正当な攻略法なんだろう。村人は生きてさえいればいい」

「え、そうなんですか……？」

イデアは首を傾《かし》げながら、俺の表情を覗《のぞ》き込《こ》んでくる。

「皇女様が言ってただろ。『セカンドゲームは実力より、素質を試させてもらう』ってな。それに、ルールは『村人を生きたままエノレナ村まで送り届けること』だけだと明言していた。つまり、そういうことだろ」

メルク皇女はやたらと旧世代の勇者を否定するようなことを言っていた。であれば、新世代の勇者の素質とは、村人を犠牲に出来るかどうかという点であろう。じゃなければ、ルール説明であんな回りくどい言い方もしないはずだ。

「……なるほど。そうだったんですね」

「軽蔑するか？　勇者として」

「まさか。私はそんな意図に気づけませんでした。もし気づけたとしても、師匠のようには出来なかったと思います。だから、師匠は凄《すご》いですっ！」

歩きながら俺に近づき、イデアは俺の耳元でこしょこしょ呟《つぶや》いて称賛を送ってきた。可愛《かわい》らしい顔が至近距離にあって、なんともこそばゆい。

「…………」

でも、たぶん俺は根本的な部分で人から憧れられる伝説の勇者のような存在ではない。

俺のことを理解できるやつなんて、よっぽど性格の曲がったやつくらいだ。

それなら、純粋で真《ま》っ直《す》ぐなままの方がきっと正しい。

少なくとも、こいつは……

「師匠？　どうかしましたか？」

「いや、なんでもねぇよ……。先に進むか」

いつの間にか小さくなっていた歩幅を元に戻して、また森の奥を目指して進んでいく。

新世代の勇者を目指すには、不要な感情だったな。

我ながら、らしくないことを考えていて思わず自嘲的に笑う。

俺は俺らしく、ただ勇者ゲームの攻略を合理的に目指せばいい。

それから数十分、俺たちは無言で足を進めた。

この辺りまで来れば、きっと目的の村は近い。

ジャイアントリザードで無駄な足止めを喰《く》らってしまった分、クリア者の定員オーバーをしていないか不安は残るが……まあ、そこはなるようになるだろう。

とりあえず、今は出来得る限りの最善手を打っていくしかない。

たとえそれが遠回りになっても、急がば回れという言葉もあるくらいだからな。

「待て、イデア」

「はい……？」

「人の気配……つーか、殺気というか、違和感を感じる」

「違和感を感じるって二重表現なのに、ぜんぜん違和感を感じませんよね」

「んなこと言ってる場合じゃねぇだろ。いいから隠れろ」

「はーい」

村人たちにも指示を出し、近くの茂みに身を潜める。

耳を澄ますと、金属のぶつかる音や奇妙な笑い声が聞こえてきた。そして、目を凝らすと、遠くで戦闘を繰り広げる二人の勇者候補生の姿が確認できた。

一方は細身の短剣使いで、何故《なぜ》か獣耳《けもみみ》（？）を生やしている少女。もう一人は……どこかで見覚えのある桃色の髪をした少女だ。でも、誰だっけな。

「獣耳の方は〈人喰《ひとく》い狼《おおかみ》〉アクロア・キットさんで、もう一人は〈千紫万紅《せんしばんこう》〉ティル・カウスさんですね」

「……お前、なんで知ってんだ？」

「勇者候補生の名簿にありました。もちろん全員分の名前と顔を覚えているわけではありませんが」

「そんなもんあったのか……」

というか、なんか聞いたことのある名前だな。アクロア・ナニガシの方は知らんが、ティルという呼び名には心当たりがあった。

たしか、勇者ゲームが始まる前、俺に絡《から》んで来た貴族の従者で、おどおどした感じの少女だ。主《あるじ》の方はブルムに殺されていたのを覚えている。

「なんで勇者候補生同士で争っているんでしょうか……？　そういうゲームではなかったはずですが……」

「たぶん、村人の取り合いだろうな」

「んん……？」

首を傾《かし》げるイデアを見て、俺は説明を続けることにした。

「見ろ。あいつらの周りには腕の切られた村人が一人だけだ。どっちかとペアだった村人だけモンスターに襲われたか……もしくは、ライバルを減らす為《ため》にどっかの勇者候補が村人を殺したのか……」

きっと、そんなところだろう。もし違っていても、当たらずと雖《いえど》も遠からずのはず。

「勇者候補ってクズ……合理的な人ばっかりですよね。良《い》い意味で」

「言い直すのが遅《おせ》ぇよ。ま、否定はしないし、皇女様が望んでる理想の勇者像が〝それ〟なんだろ」

ファーストゲームでの大量虐殺を見ても、それは明らかだ。

新世代の勇者ってのは、どちらかというと魔王の方が近い存在なのかもしれない。しかし、純粋により強い存在を求めるのであれば、その行動や動機に矛盾はないだろう。

「まあ、何にせよ私たちには関係のない戦闘ですよね。見つかる前に、さっさと回り道をして——きゃっ⁉」

突如、目の前に銀色の刃物が飛来し、イデアの顔の真横を横切った。

たぶん、完全な偶然だったのだろう。向こうの戦闘で弾《はじ》かれたものが飛んできたのだと思われる。ったく……。

「バカが‼‼　動揺して大声を上げるな‼‼」

「だって、急にナイフが飛んできてぇ……！　っていうか、師匠だって今うるさいですよ！」

「……まあ、そういうこともあるよな」

大事なのは失敗を引き摺《ひず》らずに切り替えていくことだ、と思うことにしておく。

向こうの二人に感づかれたのは、既にどうしようもないことだ。

「そこ、誰か居るにゃ！　ついでに、ぶっ殺すにゃ！　にゃはははは‼‼」

やや遠くから〈人喰い狼〉アクロア・ナントカの声が上がる。

……というか、二つ名は狼なんだよな？

口調は完全にネコっぽいんだけど……まあいいか、どうでも。

俺とイデア、村人たちは茂みから立ち上がり、遠目にその姿を確認する。

飢えた獣のような細身の身体《からだ》、身軽そうな装備に両手には数本のナイフ、黒い短髪からは獣耳が生えた半獣の少女だ。おそらく、あれが彼女のユニークスキルなのだろう。

そして、その逆側で村人を背に対峙《たいじ》しているのが――

「ひっ……、また人が……っ！　わ、私は……まだ、死にたくないです、お嬢様……ッ！　だ、だから、こ、ここ殺さないと……！　殺す……、殺す殺す殺す！　あは、あはははははははッ‼‼」

――〈千紫万紅〉ティル・カウス。

にしてもこいつ、こんなキャラだったか……？

なんか、お嬢様の方が生きていた頃は、もうちょっと大人しくて静かなイメージだったんだけどな。まあ、主を失ったのであれば、無理もないのかもしれないが。

「師匠、ここはやるしかありませんね」

片手剣を抜くイデア。敵から目を離さず、しっかり剣を構えて切っ先を向けた。

「ああ、やるしかねぇよな。……逃げるぞ、全力で」

踵《きびす》を返す俺。敵から目を離して、しっかり背を向けた。

「はい！　って、え、殲滅《せんめつ》するんじゃないんですか⁉」

「生憎と魔力切れが近い。いくら自由になった身とはいえ、この状況じゃマズいな」

「そ、そんなぁ……！　また師匠頼りで姿を現したのに!?」

「イデアお前、マジで弟子なら弟子らしくしろよ。師匠に頼り過ぎだろ……」

俺がブルムの弟子だった頃はそんなこと……なかったわけじゃないが、そんなに多くの迷惑を掛けた覚えなんて……ないわけじゃない。思い返す限り不肖の弟子だった。

しかし、今は余計な思い出を振り返っている場合でもない。さっさと退散してしまうのがいいだろう。

なんて、そう思っていたのだが……

「し、死にたくない、です……っ！　私は、お嬢様を失って……だから、このまま帰ったら、私の居場所は……！　だ、誰も庇《かば》ってなんて、くれないから……ッ！　こ、ここ殺さないと……ッッ！」

「ま、待て！　俺たちに敵対の意志は——」

「処刑を免《まぬが》れるには、私が勇者に——私がお嬢様の代わりになるしか、ないんですよ……ッ!!　だから、あなた方が死んでください！　私の代わりに……ッ!!」

従者の少女が叫ぶと、忽然《こつぜん》と花弁が舞い周囲に吹き荒れる。

飛来した花弁が身体に当たると、肌を裂いて異常な鋭さと殺意を感じさせた。

あいつの事情など知ったことじゃないが、ファーストゲームのショックで正気を失っているのは間違いなさそうだな。だったら、余計に相手なんてしたくもない。

「ここで争っても得はない。退《ひ》くぞ、お前ら……！」

「は、はいぃ！」

村人たちを連れ、即座にこの場を逃げ去ろうと試みる。が、相手もそう簡単には逃がしてくれなさそうだった。

「待つにゃ！　お前ら、無傷で逃げられると思ったら大間違い――」

「し、死ね……っ！　みんな、死んじゃぇぇぇぇぇぇぇぇッ‼‼」

「にゃ⁉」

な、なんだ……？　ふと嫌な予感がして、俺は一瞬だけ後ろに視線を向けた。

刹那、ティルという少女を中心にして巨大な植物が地面から生えてくる。

すると、突然その巨大植物が無数の種子を飛ばし……、そこから強い光が発せられたかと思うと、轟音《ごうおん》と共に種が爆発した。

土煙が視界を塞ぎ、周囲が複数回の爆発に巻き込まれる。

「げほっ、げほっ……！　ぶ、無事か！　お前ら！」

「な、なんとか、私も女の子も無事ですけど……」

そんなイデアの声に続き、村人たちも驚いたような声を上げる。

「わわっ……」

「クソが、次から次へと何なんだよ……ッ！」

いちおう、全員無事みたいだな。なら考え方によっては、この爆発も都合が良い。混乱に乗じて、逃げやすくなったとも捉えられる。

「よし、なら今のうちに逃げるか……」

「あ、待ってください、師匠！　こっちの方に逃げましょう！」

「なんでそっちなんだ？　目的地と真逆だろ……」

「私の勘です」

と、言いながら俺の腕を引っ張るイデア。なるほど、イデアの勘か。

なら、そっちを優先するべきなんだろうな。

「分かった。行くぞ、逸《はぐ》れるなよ……！」

「はい！」

周りでの爆発音が止《や》まない中、俺たちは土煙に紛れながら早急に戦線離脱を図ることにした。

◇

数分後。

すっかり爆発音も聞こえなくなった頃、俺たちは尻餅をつくようにして一度地面に腰を落ち着けた。

全員の表情からは疲弊の色が窺《うかが》え、村人の女の子とおっさんは限界が近そうだった。もう、これ以上の無茶はさせられないだろう。特に深手を負っているおっさんの方は死にかけていると言っても過言ではない。

「そろそろマズいかもな……、時間をかけ過ぎたかもしれねぇ」

「では、エノレナ村まで一気に走りますか？」

息を整えながら、イデアが俺に問うた。

「それじゃ村人たちの身体が保《も》たねぇだろ。幸いにも、ここからエノレナ村まではそう遠くない。少し休憩させる」

おっさんの方はもちろんのこと、まだ幼い女の子の体力を考えても休憩させるのが賢明な判断だろう。

「ですが、最短距離で村に向かえば、また他の勇者候補生と戦闘になりかねないですよ？

さっきのアクロアさんとティルさんだって、また鉢合わせるかもしれません」

イデアの言い分は尤《もっと》もだ。

だが、今は酷なことも悠長なことも言っていられず、加減を間違えれば命取りになる。

だから……

「自由に動ける俺が、エノレナ村までの安全なルートを確保してくる。それが済むまで三人は隠れて休んでろ」

「で、でも師匠だって魔力が限界のはずじゃ……！」

「心配すんな。お前らより、よっぽど動けるっつーの。それに、足手纏《あしでまと》いが居ない方が気楽でいい」

「そ、そうですか……」

「んじゃ、そういうことだから、俺が戻るまでお前らはこの辺で休憩してろ」

それだけ言い残し、俺は森の中の安全そうなルートを辿《たど》りながらエノレナ村まで向かうことにした。

急がば回れ、か……

この言葉は妙に物事の本質を突いている。と、そんなことを思わされた。

その後、なんやかんやあってエノレナ村付近に辿り着いた俺は、遠目から村の様子を眺め、そして帰《かえ》り際《ぎわ》にとある野暮用を済ませてからイデアたちの元へ戻る。

するとと、イデアからは「時間かかり過ぎですよ。どこで油売ってたんですか……？」とジト目で睨《にら》まれたのだった。

しゃーねぇだろ、こっちだって色々と事情があったんだよ。道中で戦闘があったりして。

「うぅ……、くっ……」

「私たちはともかく、村人さんはそろそろ限界ですよ……っ！」

「みたいだな……」

それは、おっさんの口数が少なくなっていることからも明らかだった。顔色は悪く、苦痛で汗が噴き出しているのが分かる。

片腕を失ってロクな治療も受けていないのだから、むしろ持《も》ち堪《こた》えている方だろう。

「師匠、あのときの上級ポーションを使った方がいいんじゃないですか……？　選抜試験に持ち込んでいますよね」

「ああ、あれか……。残念だが、あれならもう使用済みだ」

「ええ!?　なんでもっと大事に使わないんですか！」

「だから、今まで色々あったんだって……」

今に至るまで、どうしてもポーションを使わないといけない局面があったのだ。そればかりは仕方ないだろう。

「ど、どうするんですか、師匠……？」

「どうするもこうするも、先を急ぐしかないだろ。俺がおっさんを背負って行く。ついて来い」

イデアを先導しながら、俺は調べておいた安全且《か》つ近道であろうルートを辿って一気に森を突き抜けていく。

無事にエノレナ村まで辿り着くのに、そう時間は掛からなかった。

……が、しかし問題はその先にあった。

◇

「あら、残念。とっくにエノレナ村の人数は定員の一五〇人よ。つまり、お前たちはゲームオーバーってことね」

周囲の運営委員に護衛をさせながら、眼前で優雅に佇《たたず》むメルク皇女は吐き捨てるように言った。

「そ、そんな……⁉」

悲鳴にも似た動揺がイデアの口から漏れる。

「よっぽど愚図で愚鈍なのね。お前たちは勇者に相応《ふさわ》しくないわ。さっさと立ち去りなさい」

するると、運営委員の二人が俺たちの元に歩み寄り、一人はイデアから女の子と繋《つな》がれていた手錠を外し、もう一人は重傷のおっさんを介抱しながら引き取る。

「いや、待ってくれ……、何かの間違いじゃねぇか……？」

正面から威圧的な視線を感じながらも、俺はメルク皇女に進言した。

「間違い？　残念、これは真実よ。素直に受け止めなさい」

「そんなはずはない。村人の数を確認し直してくれ」

「お前、さっきから不敬ね。自分の相手の立場を分かっているのかしら？　……まあいいわ。でも、既に勇者候補生六〇人の到着は確認済みよ。その事実は揺るがないわ」

慈悲のない言葉が吐き捨てられる。

いや、初めからそんなものを期待していたわけじゃない。

「違う……ッ！　確認してほしいのは勇者候補生じゃなくて、村人の総数だ」

「は？　どっちを数えたって同じことで――」

すると、

「うわぁあああああああああ――ああああああああ、あああああああああッ‼‼」

突如として、エノレナ村の奥から悲鳴が轟《とどろ》くのだった。

一気に空気が張り詰め、メルク皇女の護衛に付いていた運営委員たちが動く。

「なにごと？」

「早急に調べて参ります！」

運営委員の一人がメルク皇女に一礼して、即座にその場を離れようとする——が、俺は声を掛けて呼び止めた。

「待て。俺が行く」

「今さらポイントを稼ごうとしたところで、ゲームオーバーには変わりないわよ？」

「それはどうだろうな。まあ、皇女様はのんびり後を付いて来いよ。気が変わるかもしれないからな。行くぞ、イデア」

「は、はい！」

それだけ言い残して、俺はイデアを連れながら悲鳴のする方へと足を急がせた。

「あいつ、不敬罪で処分してやろうかしら……」

と、なんだか非常に恐ろしい不満げな声が、背中の方から聞こえた気がした。

俺はそそくさと逃げるようにして、エノレナ村の奥へと急ぐことにする。最悪、そのまま村から脱出できるように。

「あ、あの師匠……、何か考えでもあるんですか……?」

道中、身軽になったイデアが走りながら問うてきた。

「なんで、そんなこと聞いてくるんだ?」

「いえ、なんか企《たくら》んでそうだったので」

「……そんなことねぇよ」

これだから勘の良《い》い女は扱いに困るな……。世の中には知らない方がいいこと、知らないフリをするべきことがある。これは、そういう類いのことだ。

と、そんな無駄話をしていると、直《す》ぐに騒動の根源であろう場所に到着する。

なるほど、確かに小さい村みたいだな。村の入り口から中央まで、然程《さほど》の時間も掛からなかった。

「た、助けてくれぇええええぇッ‼‼　うわぁあああああぁッ‼‼」

「どうして、こんなところにジャイアントリザードが居るんだよ⁉　こんな人の多い場所にまで現れるなんてあり得ないだろ⁉」

「勇者候補生はまだ来ないのか⁉　誰か、早く連れて来いよッ‼‼」

その場所は阿鼻叫喚《あびきょうかん》の様子だった。

もともと居たエノレナ村の住民と思われる男たちが、数人がかりでジャイアントリザードを相手に立ち向かっている。だが、その横には無残な噛《か》み痕《あと》の残る肉塊も横たわっていた。もう、どんな手当ても手遅れだろう。

「……なるほど、そういうことでしたか。さすが師匠です。この人でなし」

「それ褒めてんのか？」

「あはは」

「まあいい。悪いが、俺の魔力は完全に尽きてる。イデア、代わりに行ってくれ」

「はい！　お任せくださいっ！」

その元気な返事と共に、イデアは鞘《さや》から片手剣を抜いてジャイアントリザードの元まで駆け抜ける。

そして、軽いステップで跳躍し、硬い鱗《うろこ》を踏みながら巨大なトカゲの体軀《たいく》を上ると、逆手に持ったブロードソードを眼球に向かって突き刺す。

【クアアアアアアアアアアアアアアアアア、アアアアアアアアアアア‼‼】

ジャイアントリザードは絶叫と主に身体《からだ》をバタつかせ、イデアを振り落とそうとする。

だが、身体を浮かせたことで鱗の薄い腹部が露出。地面に下りたイデアはそのまま弱点を剣で貫き、的確にモンスターを絶命へと追い込んだ。

「ふう……、こんなところですかね。どうですか、師匠！　私もやればできる子ですよ！

えっへん！」

「その程度で威張るんじゃねぇよ。勇者候補なら倒せて当然のモンスターだ」

「えー、もっと褒めてくださいよぅ……。私は褒められて伸びるタイプです！」

「へいへい、頑張ったな」

「むーっ！　すっごい適当じゃないですかぁー！」

イデアはご不満な様子で頬を膨らませ、ジャイアントリザードから片手剣を引き抜く。

その際、びしゃりと血が跳ねて、呆気《あっけ》に取られていた村人の足元を赤黒く染めた。

目の前の小さな少女が難なく巨大なモンスターを殺してみせたのだ。村人が呆《ほう》ける気持ちも理解できなくはない。まあ、それが勇者候補という存在の実力だ。

「ふーん、なるほどね」

「ん……？」

振り返ると、まるで何事もなかったかのように皇女様が優雅な表情で佇んでいた。

当然、その左右には護衛が付き添っている。

「あのトカゲも生物である以上、本能的にリスクは回避したがるはずよね。森の食べ物がなくなったのならともかく、それ以外で人の多い村にまで入って来るなんて、普通ならあり得ないわ」

「……んで、何が言いたいんだ？」

俺が問うと、メルク皇女は口元を吊《つ》り上《あ》げながら核心に迫る。

「あの大トカゲを村に誘導したのは、お前ね。もともと居た村人の数を減らす為《ため》に」

「……」

「あら、ダンマリ？　別に責めているわけじゃないのよ？」

「村人たちの手前だからな。いちおう否定しておく」

俺がそう言うと、メルク皇女はクスクスと笑ってから言葉を続ける。

「ま、そういうことにしておいてあげるわ。でも、村人の数が減ったということは、新たに合格者の枠が増えるということになるわよね」

ああ、そうだ。

この騒動で、現在の村人の総数は一五〇人を確実に下回った。つまり、難民の受け入れ枠に空きが出来たことになる。であれば……

「どうだ、皇女様。気は変わったか？」

俺が問うと、メルク皇女はご満悦の表情で口を開いた。

「ええ、もちろん。新世代の勇者の素質、しかと確認したわ。——〈凍結〉イフ・アイドラ、〈無名〉イデア・アーテイルの両名をゲームクリアと認めるわ」

そう、はっきりとメルク皇女は言葉を紡《つむ》いだのだった。

「やりましたね、師匠！　セカンドゲームもクリアですよっ！」

いつの間にか俺の真横に居たイデアが、嬉々《きき》として声を上げた。

「おう、そうだな」

「あれ？　あんまり嬉《うれ》しそうではないですね」

「こんなもんクリアして当然のゲームだ。モンスターだって雑魚《ざこ》ばっかりだったしな。いちいち喜んでられねぇよ」

「……もしかして、犠牲者のことを気にしてるんですか？」

「んなわけねぇだろ。すべて俺が決断してやったことだ。後悔はない」

「そうですか。ならいいですが……」

しかしまあ、素直に喜ぶにしては、多くの犠牲を払い過ぎたのは事実だろう。

むしろ、そこをあまり気にしていない素振りのイデアが異常……いや、俺は他人のことをとやかく言えた立場じゃない。それに、実際に手を汚したのは俺だけだしな。

その後、俺たち全員は運営委員の案内に従い、ゲームをクリアした総勢六〇名が待機する村の一角へと足を運ぶことになった。

村の中でも奥まった場所に位置しており、思いのほか移動するのに時間が掛かった。

道理でさっきの騒動で悲鳴が聞こえても、一番乗りが俺とイデアだったわけだ。

やがて、セカンドゲームをクリアした勇者たちの姿が視界に入って来る。

——そして、片腕を失《な》くした大勢の村人たちの姿も。

「どうして、こんな残虐なことが出来るのですか……ッ!?　あなたたちは勇者を目指しているはずでしょう……ッ！」

ふと、聞き覚えのある声が響いた。

間違いなく、シューラの声だ。

「この村に辿《たど》り着《つ》くまでにも、たくさんの死体はありました……。でも全員、勇者として恥じない戦いの痕跡があった。それなのに、どうしてあなたたちは自らの意志で村人を傷つけて……ッ！」

怒りで震えるシューラの声音。

村人の腕を切断した勇者候補生たちを責めているのであろう。そんな場面に遭遇した。

……ったく、ホントどこまでも無駄に正義感の強いやつだ。

見やると、その隣には傷一つない小さな女の子が不安そうに佇《たたず》んでいる。そこから察するに、最後まで村人の腕を切断せずセカンドゲームをクリアしたことが分かった。

シューラの声を聞いた勇者候補生たちの反応は様々だ。申し訳なさそうに視線を逸《そ》らす者、欠伸《あくび》をして聞く耳を持たない者、鬱陶しそうに怒りを露《あら》わにする者などなど……

「やめなさい、シューラ」

しかし、そんなシューラに反論したのは……メルク皇女だった。

「ですが……ッ！」

「人族が求めている新世代の勇者とは、そういう存在よ。……戦いの中で、常にアドバンテージがあるのは魔族。その理由は、セカンドゲームをクリアしたお前たちなら嫌というほど分かったはずでしょう？」

メルク皇女が問いかけると、勇者候補生たちの中から一人の少女が声を上げた。

「パーティの仲間や村人……つまり、足手纏《あしでまと》いの存在ですね」

片眼鏡が特徴的な深緑色の髪をした少女だった。コンジャラーのような魔術的装備を身に着けているのが見て取れる。

「彼女の言う通りよ。人質を取られた勇者は不利な戦いを強いられることになる。しかし、魔族の人質を取ったところで、やつらは構わず攻めてくる。……人質を見殺しにする冷酷さを持たなければ、魔王を殺すことなんて出来ないわ」

メルク皇女はハッキリと言い切るのだった。

それでも尚《なお》、シューラは己の正義を曲げる姿勢を見せない。

「でも……私はすべてを救いたい。誰かを犠牲にする強さなんて、勇者とは呼べませんから」

「ええ、そうね。やっていることは魔族と何も変わらないわ。でも、それでいいの。正義とは、常に争いに勝った者のことを呼ぶのよ」

メルク皇女は吐き捨てるように言って、運営委員たちにアイコンタクトを送る。

すると、運営委員たちは勇者候補生に王国へ戻るよう指示を飛ばした。

なんとも後味の悪い幕引きだ。

にしても、新世代の勇者か……。その考え自体を頭ごなしに否定する気にはなれない。

俺とて一定の理解は示しているつもりだ。

村人を犠牲にしてでもモンスターを殺す。

仲間を犠牲にしてでも魔王を殺す。

そこに何か違いはあるのだろうか……？

少なくとも、犠牲を出した上でこのセカンドゲームをクリアした俺には、シューラを肯定してやることは出来ない。

「行くぞ、イデア」

「は、はい……」

だから、俺はシューラに声を掛けず、そのままこの場を去ることにした。

重々しく静まり返った村の一角から視線を逸らし、足を踏み出そうとして……

「――待てよ、クソガキ」

後方からの粗暴な声に、俺とイデアは思わず足を止めて振り返る。

そこには、荒療治の応急手当てだけを受けたおっさん、そしてその背後にイデアとペアだった幼い女の子が佇んでいた。

そんな異様な様子を、シューラをはじめとする周囲の勇者候補生たちも黙って眺めている。

「どうした、おっさん。恨みごとでも言いに来たのか……?」

「ああ、そんなところだ」

言いながら、ずけずけと俺に歩み寄って酷《ひど》く歪《ゆが》んだ渋面で睨《にら》みつけてくるおっさん。

そして、俺の胸倉を片腕で摑《つか》みながら言い放つ。

「俺はお前を勇者だなんて認めねぇ‼‼　お前のせいで、俺は今後不自由な生活を余儀なくされるんだぞ！　ふざけやがって……ッ！　……けどな、お前が手を汚さなければ、俺はこの村に移住する権利を得られず、モンスターに殺されていた。お前じゃなきゃ、この犠牲は払えなかった。だから、最低限の感謝はしてやる……ッ！」

そう言い切って、おっさんは俺を乱雑に突き飛ばした。

もう話すことはないと伝えるように。

「……はは、正気かよ。とんだ捻《ひね》くれ者だな」

「てめぇが言うんじゃねぇよ、クソガキ」

吐き捨てるように言って、おっさんは踵《きびす》を返し去って行った。

一緒に居た女の子は、とてとてイデアに近づき、「ありがとね、お姉ちゃん！」と素直にお礼の言葉を述べる。

イデアは面食らった様子であったが、やがて女の子の頭を撫《な》でて笑顔で別れの言葉を告げたのだった。

「師匠。もしかして、私たちのしたことは正しかったんでしょうか……？」

「んなわけねぇだろ。たぶん、どれも間違いだらけだ」

でも……。

犠牲の上に成り立つ救いだってある。きっと、それは間違いないはずだ。

誰かにとっての悪は、誰かにとっての正義でもある。受け止め方は、千差万別だ。

「…………」

周りの連中は、いま何を思っているのだろうか。

自分の行いを犠牲によって成り立つ正義だと正当化するのか、こんなもの茶番だと吐き捨てるのか、それとも……

いや、そんなことは、どうでもいい。

人の数だけ、異なる正さがある。

真の正義を決められるのは、この勇者ゲームで生き残ったやつに違いない。

三章　古龍

セカンドゲーム終了後の翌日。

この日は試験が予定されておらず、勇者候補生たちには束の間《つかま》の自由が与えられていた。

もちろん、王城の外へ出ることも許されている。

それに天気も悪くない。出かけるには丁度いい行楽日和だ。そのまま勇者ゲームから逃げ出してくれるやつでも居《い》れば、ライバルが減って都合が良いのだが……まあ、そうもいかないだろうな。

昨日、一昨日と立て続けに命懸けのゲームは続いていたが、せいぜい外に出て羽を伸ばす程度だろう。でなきゃ、逃げ腰の勇者候補生はセカンドゲームの前にでも、とっくに姿を消しているはずだ。

それに運営からの『勇者ゲームから逃げ出せば、一番大事な人が殺される』という脅迫だってあるわけだしな。逃げようにも逃げられない状況だろう。

しかし、勇者寮の自室に漂う重々しい空気は、そんな雰囲気ともまた違っていた。

「紅茶とか淹《い》れましょうか、妹さん？」

「いえ、お構いなく……」

イデアが気を利《き》かせるが、俺のベッドに腰掛けるシューラは元気がなく、溜息《ためいき》を吐《つ》くように申し出を断った。

……というか、なんでしれっとシューラが居るんだ。さも当たり前のように。

それは否応《いやおう》なしにお構いしないといけなくなるだろ……

しかしまあ、気持ちは分からんでもない。

昨日に限らず、ゲームでは多くの犠牲者が出ている。人一倍、勇者らしく正義感の強いシューラにとっては、メンタルの負担が大きいのだろう。

俺と生き別れになってから、聖剣に選ばれたシューラは貴族に引き取られ、そこで育てられたと言っていた。

どんな生活を送っていたのかは知らないが、日常的に死者が出る戦場とは無縁の生活だったはずだ。だから、無暗《むやみ》に他人の死を背負い過ぎる。

その点、俺は恵まれていた。

俺が囚《とら》われていた魔族領では、同じ人族の奴隷が殺されることは珍しくなかった。いちいち悲しんでやる余裕もなかったからな。

きっと、他の勇者候補生たちより、新世代の勇者に近い存在なのではないだろうか。そんな気がしている。俺の思い上がりでなければ、な。

だからこそ、生き残った勇者候補生の考えはよく分かる。俺と同じクズだから。

「あのセカンドゲーム、どうして皆さんは村人の腕を切り落とすなんて残虐なことが出来たのでしょうか……」

クソ真面目な表情でシューラが問う。俺はそれに淡々と答えを返した。

「誰も好き好んで村人に危害を加えたわけじゃないだろ。ただ合理的だっただけだ」

「合理的……？」

「正義を貫いて勇者候補と村人が共倒れするより、村人の片腕を犠牲にして二人とも生き残った方がずっとマシな結果だろ。誰もがお前みたいに強いわけじゃない」

「そう、かもしれませんけど……」

納得がいかない様子で口ごもるシューラ。もちろん、シューラの主張とて間違いではないだろう。貫ける正義があるのならば、それに越したことはない。

だが……

「人族領は日々、魔族の侵攻を受けている。あの村人たちが難民化したのだって、魔族が原因だ。だったら、あんな存在を生まない為《ため》にも、魔王を殺すのに手段は選んでられないだろ。全部を救うなんてのは無理な話だ」

とまあ、俺ははっきりと言い切った。ありもしない希望を抱かせるのは酷だろうからな。

やはりシューラは納得していない様子だったが、「少し考えさせてください」と言って立ち上がり、俯《うつむ》いたまま部屋を出て行くのだった。

「いいんですか、師匠？　妹さん、行っちゃいましたけど……」

イデアが首を傾《かし》げながら問うた。

「一人で考える時間も必要だろ。それに、あいつだって、俺の言ったことを頭では理解しているはずだ。ただ、感情が付いて来ないだけで」

凝り固まった正義感は判断を鈍らせる。

だからこそ、王国は新世代の勇者を求め、育成する為に勇者ゲームを行っている。

魔王を殺すのに必要なのは合理性だ。純粋な正義感だけで誰かを殺すことは成立しない。

「まあでも、他人の兄妹喧嘩《きょうだいげんか》は見ていて面白いですけどね」

「うるせぇよ。んなことより、お前はどう思ってるんだ？　勇者ゲームのこと」

「私は納得してますよ。人族はヤバい状況なわけですし、新世代の勇者は必要だと感じています。思っているより世界は残酷ですよ、実感がないだけで」

言いながら、二人分のティーカップに紅茶を注ぐイデア。アホっぽく見えて意外と達観している様子だった。イデアのくせに。

「紅茶、淹れてたんだな」

「手持ち無沙汰だったので。どうぞ」

「ん、ありがとよ」

イデアからティーカップを素直に受け取り、それで喉を潤す。甘みと渋み、爽やかな後味が口に広がった。まあ、紅茶の良《よ》し悪《あ》しなんて、貧乏舌の俺には分からないが。

「うーん……。ということで、それを飲み終わったら外に出かけましょう！」

「どういうことだよ。何も話繋《つな》がってなかっただろ……」

俺が言うと、イデアは関係ないといった風に俺の表情を覗《のぞ》き込《こ》んでくる。

「いいじゃないですか、気分転換ですよ！　ずっと勇者ゲームで緊張が続いてましたからね。やっぱり、紅茶ごときのリラックス効果では薄かったようです」

「そんな理由で淹れてたのか……」

「楽しみですね、城下町。色んなお店行きましょう！」

などと言いながら、テンション高めに出かける準備を始めるイデアだった。

「ったく、一人で行ってこいよ。俺は忙しいんだ」

「ええー、一緒に行きましょうよ。師匠が師匠になってくれたお礼もしてあげますから」

「仕方ねぇな。じゃあ付いて行ってやるか」

「うわ、現金……。まあ、いいですけどね。扱いやすくて」

と、どこか呆《あき》れたような、悪戯《いたずら》っぽいような笑みを浮かべるイデア。

そんなこんなで、俺とイデアは城下町まで羽を伸ばしに行くこととなった。

まあ、こうして偶《たま》には気を抜くのも悪くないだろう。

「じゃあ、お出かけ用の服に着替えますねっ！　すっごく可愛《かわい》いの着ていきます！」

「おう……」

それだけ言って、俺は黙って部屋から廊下に出る。デリカシーとやらに気を使わないといけないのは男女同室の弊害だな。

しかしまあ、ブルムと一緒に過ごしていた頃に、その辺の教育はしっかり受けている。

多少なりと慣れたもんだ。

にしても……、やっぱ女ってのは出かける準備に時間が掛かるものなんだな。

外出する服なんて何でもいいだろうに。服さえ着ていれば何だって同じだ。

「イデア、いいかー？」

部屋から出てあまり時間も経《た》っていないが、早めに廊下から声を掛ける。これも女の準備を上手《うま》く催促する俺の処世術だった。

「はーい、いいですよ！」

部屋の中からイデアの返事が聞こえる。

……なんだ、意外と早いな。女の準備は誰でも長いという認識は、改める必要があるかもしれない。

そんなことを考えながら、俺は扉を開けて部屋に入る。

すると――

「べつに、いちいち部屋から出なくてもいいですよ。師匠に見られても、嫌な気はしませんので」

そこには、普通に下着姿のイデアが佇《たたず》んでいた。

透き通るような白い柔肌《やわはだ》に、可愛らしいフリルやレースの施された純白の下着が添えられて眩《まぶ》しく視界に映る。

これは、つまり……

「いや着替え中じゃねぇか……ッ!?」

「だから、いちおう下着は急いで着けましたよ。服さえ着ていれば何だって同じです」

「んなわけねぇだろ‼‼」

んん……？

なんか過去の自分と発言が矛盾しているような……、まあいいか。

とりあえず、俺は再び部屋を出て、廊下でイデアの着替えを待つことにした。

女心は複雑怪奇で、これもまた千差万別あるみたいだな……

◇

「エノレナ村付近の森で、新たに運営委員の死体が発見されたわ。傷痕からしてモンスターの襲撃ではないとのことよ」

と、運営委員を見つめながら話すメルク皇女の声が部屋に響いた。

運営管理棟、会議室。

一部の手が空いている運営委員を集め、メルク皇女が事件の内容を公表し始めた。

つい先程まで別のことに気を取られていたが、そんな発表をされればそちらに意識を向けざるを得なくなる。

「それは、どういうことでしょうか……？　まさか、また魔族が襲撃を……」

会議室に居合わせたシューラは、即座にメルク皇女に問いかけた。

ここのところ、シューラは暇さえあれば運営管理棟に足を運び、勇者ゲームの中止を訴えに来ているのだった。

あまりにしつこく接していたせいで、いちいち「来るな」と指摘するのも面倒になったのか、メルク皇女も運営委員たちも、もはや何も言わなくなっていた。

「魔族に殺された、というわけではなさそうね。王国騎士団を使って、あの森に大規模な捜索をかけたけれど、魔族らしき姿は一つもなかったらしいわ」

「では、いったい誰が……」

メルク皇女の言葉が腑《ふ》に落ちなかったのか、シューラは考えるような仕草をして言葉を漏らした。

「ま、状況からして……勇者候補生の誰かが手を下したと考えるのが妥当でしょうね」

「な……ッ!?」

目を見開くシューラ。そのまま言葉を続ける。

「まさか、勇者候補生が運営委員の命を狙う理由なんて……」

「大いにあるでしょうね。私たちは非道を行い過ぎている。勇者候補生から恨みを買っていても何ら不思議はないわ」

「でしたら尚《なお》のこと、勇者ゲームは即刻中止するべきです！」

シューラは真剣な眼差《まなざ》しでメルク皇女に訴えかけた。

しかし……

「いいえ、ここで止まるわけにはいかないわ。犠牲になった者たちの為《ため》にも。……各自、十分な警戒をしながら業務に当たるように。話は以上よ。全員、解散しなさい」

メルク皇女が言うと、周囲の運営委員たちはそそくさと会議室を後にしていく。

その必死な訴えは、虚《むな》しくも皇女の心を動かすには至らなかったようだ。

シューラは諦めたように溜息《ためいき》を吐《つ》き、暗く俯きながらこの場を去って行く。

あまり良《い》い気分はしなかった。自分のものとは思えないほど、部屋を去って行く足取りは重く、ゆっくり感じられた。

「本当に良かったのですか？　死体にあった氷スキルの痕跡を公表しなくて……」

「ええ、構わないわ、無用な混乱を招くだけよ」

そんな会話が耳に入り、ふと足を止める。そして、透かさず問うた。

「今の話、本当なんですか？　氷スキルの痕跡って……！」

「あなた、まだ居たのね……」

「も、申し訳ありません！　聞かれてしまいましたよね……。まあ、話は聞いていた通りです。殺された運営委員の死体には、間違いなく氷系スキルの痕跡がありました」

そう、メルク皇女の傍《そば》に仕えていた運営委員が説明した。

当然、その犯人が自分でないことは確かだ。であれば、残る可能性は……イフくんの存在のみであろう。

「でも、くれぐれも忘れないことね。この際だから言っておくけれど、私はシューラが犯人である可能性を完全には捨てていないわ。それが、限りなくゼロに近かろうとも」

そんな厳しい視線がメルク皇女から向けられた。

「……そうですか」

「ま、あくまで可能性の話よ。もう行きなさい。きっと、あなたには関係ない話だもの」

振り払うような仕草で、さっさと消えろと告げられる。

仕方ない。ここは一度、引くしかないだろう。

と、そう考えているときだった。酷《ひど》く慌てた様子で、一人の運営委員がメルク皇女に駆け寄って膝を突いた。そして、報告事項を述べる。

「き、緊急の連絡です！　また新たに運営委員の死体が発見されました！　死亡推定時刻は数時間前とのこと……！」

「……ッ！　そう、直《す》ぐに行くわ」

一瞬、メルク皇女は表情を強張《こわば》らせたが、直ぐにいつもの無表情に切り替え、態度で場所の案内を促した。しかし、膝を突いた運営委員は、震える声で続きを話し始める。

「そ、それと、もう一つ……！　殺されたのは騎士団所属のテイマー部隊だったらしく、管理していた古龍の一匹が逃げ出したとのことで……」

「なんですって……⁉」

今度こそ、皇女は表情を取り繕うことが出来なかった。

しかし、それも当然の反応だろう。

逃げ出したというそれは……古龍とは、とてもじゃないが領地に放っていい脅威ではなかったのだから。

◇

王城の勇者寮を出て、城下町の薄暗い路地裏を進んだ先。

そこにはライビア王国が管理しているという、まあまあ大きめのカジノ施設がある。

まだ昼過ぎだというのに、飲んだくれながらチップを賭ける身なりの良い連中の姿が見られた。

だが、そんなことはどうでもいい。

目の前には優雅かつ華やかなカジノの女王——ルーレットが堂々と佇んでいた。

そこのディーラーと相対するのは、背の低い金髪の少女。

周囲の成金《なりきん》たちは、興味深そうにイデアの一挙手一投足に視線を向けているのだった。

「プレイスユアベット……、スピニングアップ」

背の高い男のディーラーが、ウィールにボールを投入。

すると、イデアは「うーん」と唸《うな》ってから、チップの一枚をベッティングエリアに置く。

「ここは……、『4』の一点賭けにしましょう！」

一〇〇ガウル分のチップが置かれた。

三六倍のストレートアップ。もし当たれば、額は一瞬で三万六〇〇〇ガウルだ。

「……ノーモアベット」

ディーラーが賭けの締め切りを合図して鐘を鳴らす。

やがてウィールに投入されたボールが遠心力を失い、とある数字に落ちていく。

その数字とは……

「よ、4に落ちたぞ!?」

「すげーな、あの嬢ちゃん！　これで五連続的中だ！」

「ま、マジかよ……。あのディーラーと組んでイカサマでもしてるんじゃねぇか……？」

ギャラリーのおっさん共がイデアの勝利に沸き上がった。

一部イカサマを疑う声もあったが、額に大粒の汗を浮かべるディーラーの様子が、フェアな勝負であることを物語っている。

……まあ、真の意味でフェアな勝負だったのかは疑問だけどな。

ディーラーから当たり分の配当を受け取ると、イデアは嬉《うれ》しそうに俺を見ながら声を掛けてくる。

「やりましたよ、師匠！　大儲《おおもう》けです！　えへへ」

「いや、すげーけど……。ここまで来ると逆に引くな。これもイデアの直感なのか……？」

「その通りです！　まあ、さすがに百発百中とはいきませんけどね。たぶん、百発八〇中くらいですっ！」

「ルーレットの一点賭けで八割なら、相当な確率だけどな……」

そもそも、三六倍の一点賭けを的中させるのがありえないのだ。

それをこうも易々《やすやす》と……

「よし、こうなったら国家予算並みに稼いでやろう。ここ国営らしいし、ライビア王国を潰してみるのも面白そうだ」

「そんなことしたら出禁どころじゃないですよ……。なので、今日はこの辺にしておきましょう」

「いいのか、もっと稼がなくて？」

「今日という時間は有限ですからね。それに、資金が足りなくなったら、またそのとき取りに来ればいいだけです」

イデアにとってカジノは貯金箱と同じ……いや、金のなる木といったところか。

道理で初めて会った日、俺に何の見返りもなく二〇〇〇ガウルも寄こしてくれたわけだ。

この世に賭場《とば》が存在する限り、イデアは金の心配をしなくていいらしい。

「ったく、羨ましいこった」

まあ、俺もその恩恵に与《あずか》らせてもらったわけだが。お陰で暫《しばら》く金には困らなそうだった。

「師匠、どうです？　私とずっと一緒に居れば、お金に不自由ない生活が出来ちゃいますよ！」

「そうだな。もし俺が路頭に迷ったら、プロポーズの一つでもしてやるか」

「あはは、文字通り現金ですねー。まあ、師匠のお願いなら考えておいてあげましょう」

お互いに軽口を叩《たた》き合《あ》い、そしてルーレットの席を立つ。

すると、ディーラーは心底安心したような表情で「またお越しください」と言った。絶対そんなこと思ってないくせにな。

その後、俺たちはチップを換金してからカジノを出て、この裏通りから陽《ひ》の当たる賑《にぎ》わった区画まで足を運ぶことにした。

ライビア王国の城下町、商業地区。

この場所は人通りが多く、ここに住む人々や旅の途中で立ち寄ったと思《おぼ》しき冒険者まで様々な人族が見受けられた。休暇を過ごすにしても、様々な選択肢があることだろう。

「んで、どこ行くんだ？」

「たくさん資金もあることですし、リッチなお店でティータイムにしましょう！」

「じゃあ、そうするか」

イデアのお陰で稼がせてもらった身としては、別に文句はねぇな。

それに、今までの旅路で……いや、俺の人生で高級店なんて入ったこともなかったから興味はある。ちょっとした贅沢《ぜいたく》をしてみるのも一興だろう。

そのまま俺はイデアに案内されて、とあるカフェに入った。

クソ高そうな店だけあって店内は落ち着いており、豪華な敷物《しきもの》やテーブルが視界に映る。

貧乏性な俺にとっては逆に落ち着かない空間だった。自分で言うのもなんだが、場違い感が凄《すご》いな……。

「オープンテラスもあるみたいですよ、師匠！　オシャレですね～っ！」

「なら、せっかくだし、そっちにするか。下民を見下しながら高級茶を啜《すす》るのも悪くない」

「うわ」

それに、外の喧騒《けんそう》に触れながらの方が気分も落ち着くはずだ。などと思っていると、イデアがゴミを見るような目で俺を見つめていた。いいだろ別に、これくらい……。

イデアの視線から逃れるように、俺はさっさとオープンテラスの方へ向かうことに。

空いている四人掛けテーブル席の一つに座り、メニューを眺めると、見慣れない高度なオシャレ呪文（？）がいくつも並んでいた。田舎者には見慣れない文字列だ。

「どこの言語だ、これ……？」

「れっきとしたライビア王国の言語ですよ。もし分からなければ、私が師匠の分も一緒に注文しておきましょうか。勘で」

「お前も分かってねぇじゃねぇかよ……。まあでも、イデアの勘ほど頼りになるものもないのか。んじゃ、頼むわ」

「はーい！　お任せくださいっ！」

と、自信満々で言い、イデアは店員を呼びつけて適当な文字の羅列を二つ指さす。

よく分からないが、メニューに書かれていた値段はそれなりだったし、下手なものは出て来ないだろう。たぶん。

「おや、奇遇だね。見覚えのある顔だ。ご一緒しても？」

急にそんな声を掛けられた俺たち。声の主は返事も聞かず、空いている席に腰掛けるのだった。誰だか知らないが、図々《ずうずう》しいやつだな……

俺たちの隣に座ったのは、茶髪の少女だった。やや露出が多い服からは、見るからに引き締まった筋肉質な腕が伸びる。自信に溢《あふ》れたような表情と、一つに纏《まと》められたポニーテールが特徴的だった。

「失礼ですよ、アリウスさん。デートのお邪魔でしょうし」

「いいじゃないか。これくらい強引でないと、私たちの気持ちも伝わらないだろう?」

「はぁ、もう……」

呆《あき》れたような溜息《ためいき》を吐《つ》いたのは、やや低めの背丈で優しく眠そうな瞳をした少女。

セミロングの髪に水色のヘアピンがよく似合っていた。見慣れない赤い服を着ている。

で、誰……?

「申し訳ないですが、少しだけ相席してもいいですか?」

「まあ、俺は構わないが……」

「私も良《い》いですよ! どうぞ、座ってくださいっ!」

「では、失礼しますね」

そう言って、その優しそうな雰囲気の少女は、最後に空いた席にゆっくりと座った。

その二人をよく見れば、どこか見覚えがあるような無いような……、無いような気はするのだが、どうだっただろうか。

まあでも、確証がないにしても、きっと勇者候補生の誰かだろうという予想はつく。

「私は〈蛮勇闘技〉アリウス・パテラ。そっちは〈鉄鎖〉アオイ・アオサカだ」

「よろしくお願いします。イフ・アイドラくんに、イデア・アーテイルさん」

と、ここで初めて自己紹介をされるのだった。

二つ名があるということは、やっぱり二人とも勇者候補生みたいだな。

「俺たちのこと、知ってるんだな」

「そりゃ、もちろん。それにキミは男の勇者候補生ってことで、特に目立つからね。そんな彼と一緒に居るイデア・アーテイルも」

「まあ、それもそうか」

少女たちの中に一人だけ男が紛れていたら嫌でも目立つ。そんな俺と行動を共にするイデアも、それなりに認知されていても不思議じゃないか。

「それで、私たちに用があったんですよね？」

イデアが聞くと、アリウスと名乗った少女が思い出したように言葉を続ける。

「そうだったね。じゃあ、さっそく本題だけど、私たちと手を組まないか？」

「手を組む、だって？」

「そう。勇者ゲームは命懸けの試験だからね。仲間が居れば、それだけ心強いだろうし」

言いながらアリウスはカフェ店員を呼びつけ、片手間でスラスラとメニュー表の呪文を高速詠唱する。

一方、アオイはメニューを見ることもなく、「同じもので」と注文をした。

「仮にお前らと手を組んだとして、こっちに何かメリットがあるのか?」

俺がそう問うと、アリウスは小さく「うーん」と考えるようにしてから言葉を紡《つむ》ぐ。

「私は体術が得意でね、十分な戦力になると思う。それに……」

「それに?」

「ここだけの話、私はベッド上の体術も得意なんだ。そして、強い男が好きだ。キミは唯一の男だし、異性の相手としても興味がある。色々と役立つと思うけど——」

「あーのー! そういう話でしたらお断りですっ! 師匠には正妻の私が居ますので!」

アリウスの話を遮り、ジト目のイデアが口を尖《とが》らせて抗議する。正妻云々《うんぬん》の話は知らん。

まあ何にせよ、俺は尻の軽そうな女は却下だ。

「ふふ、冗談だよ。でも、寂しい夜には声を掛けてくれると嬉しいかな」

「アリウスさん、ぜんぜん冗談になってないですよ……」

横目で見やるアオイが「やれやれ」と深い溜息を吐いた。

そして、「本気の愛なら拉致監禁でもするべきです」と小さく不穏な言葉を呟《つぶや》く。こっちはこっちで愛が重いな……

「ったく、話が逸《そ》れたな。そもそも、俺たちは勇者を目指すライバル同士だろ。協力なんて成立すんのか?」

「もちろん、いつか敵対するときは来るだろうさ。でも、それまでは協力関係でいようという提案だよ。それに、キミたちだって二人で共闘しているんだろう?」

「んー、まあ、こいつとは成り行きだけどな」

上級ポーションの代の不足、二〇〇〇ガウルの恩がなければ、今頃どうなっていたかは分からないし。

「私たちも似たようなものです。勇者寮で同室だったから、お互いに手を組もうという流れになりました。半ば強引に、ですけど……」

「アオイは人付き合いが苦手そうだったからね。口説くのは簡単だったよ。あはは」

アリウスが軽快に笑うと、アオイは迷惑そうに眉間にしわを寄せながら笑みを浮かべた。笑顔に殺意の籠もるタイプだったか……

アオイは優しそうな印象だったのだが、そういうわけでもないのかもしれない。思いのほか、手の付けられない性格だったりしてな。

「それで師匠、どうしましょうか？　協力の申し出は受けるんですか？」

「そうだな……。協力すること自体は悪くないし、受け入れてもいいと思っている。ただし、足手纏《あしでまと》いになるようなら切り捨てるけどな」

「ありがとう、今はそれで十分だよ。イフ・アイドラの主張は尤《もっと》もだ。何なら、今から手合わせでもして私たちの実力を証明してもいいけど――」

などと言いかけて、アリウスの言葉がピタリと止まった。

すると、アオイが小さく呟く。

「……来ますね、何か……」

カフェ店員が俺たちの座るテーブル席まで近づいて来ていた。

そして、四人分の注文が載ったトレーが床に落ちる。ガシャンというカップの割れる音が店内に響き渡った。

でもまあ、それも無理からぬことだろう。その店員は顔面蒼白《そうはく》になりながら、手足を酷《ひど》く震わせていたのだから。

そして外の道行く人々から、大きな悲鳴が上がった。

その咆哮《ほうこう》と共に――

【グガアアアアアアアア、アアアアアアアアアア、アアアアアアアッ‼‼】

鼓膜が破れるんじゃないかと思う程の絶叫。

テラスから向こう側の道を見ると、そこには……人よりも少し大きい、ワイバーンのような形貌のモンスターが城下町の人々を食い荒らしていたのだった。

ったく、いきなり何が起こってんだよ……。こっちは、これから優雅なティータイムだったってのにな……

「師匠、これヤバくないですか……？」

「だな。逃げるか」

「いやでも、なんかこっち来てますけどぉ⁉」

イデアが動揺して声を上げる。

まあ確かに、あんなのが来店したら店側も迷惑だろうし、何より俺も迷惑だ。しゃーない。俺たちでなんとか対処するしかないか……

いちおう、そう思ってはいたのだが、俺たちよりも早くワイバーンに接近する姿があった。それはアリウスやアオイでもない、また別の勇者候補生の姿だ。

「ゴーレム！　足止めして！」

その少女がキューブ形の魔道具を放ると、そこからワイバーンと同じくらいのサイズをした土人形が顕現する。

少女の方は特徴的な片眼鏡をかけ、深緑色のショートヘアをしていた。休暇中だというのに、ご丁寧な魔術的装備を身に着けている。戦い方からしても、コンジャラーで間違いないだろう。

召喚されたゴーレムはワイバーンと前面から衝突し、主《あるじ》の指示通りに足止めに徹している様子だった。それでも、力比べはワイバーンに押されつつある。

「あいつも勇者候補生だよな……？　たぶんだけど」

「えーっと、確かあの人は……」

イデアが思い出そうとするが、瞬時に名前は出て来なかったようだ。「んー……」と小さく唸《うな》りながら、首を横に倒す。

「彼女、〈彫刻家〉クララ・クラエルだ。優秀なゴーレム使いの勇者候補生らしいね。魔族狩りの逸話なら聞いたことがあるよ」

「ふーん、そうですか……」

イデアの代わりに、知識のあったらしいアリウスが解説した。アオイはあまり興味がないのか、曖昧な返事をするだけだったが。しかし、その目はしっかりワイバーンに向けられていて隙がない。いつでも戦えるような、殺意に満ちた雰囲気だった。

「私たちの力量を示すには、ちょうどいいかもしれないね」

「お前、あれと戦う気なのか……？　見るからに普通のワイバーンじゃないけど」

「むしろキミは戦わないのかい？　あんなに強そうなモンスターなのに、勿体《もったい》ないじゃないか……ッ！」

オープンテラスの柵を乗り越え、アリウスは一直線にワイバーンへと肉薄する。

そして、通常ではあり得ないような威力の拳を叩《たた》き込《こ》み、その鱗《うろこ》を素手で叩き割ってみせたのだった。

ワイバーンからは【グワァアアアアッ!!!!】という悲痛な叫びが放たれる。どんな怪力してんだよ……。いや、あいつのユニークスキルなんだろうけど。

「アリウスさんはいわゆる戦闘狂というやつなんです……。きっと、モンスターを経験値としか見ていないんでしょうね」

「けいけんち……、ってなんだ？」

「ああいえ、こちらの話です。気にしないでください」

よく分からないが、ライビア王国じゃないところの言語だろうか。まあ、アオイの装《よそお》いもライビア周辺の服飾とは違うし、かなり遠い国から来ているのかもしれない。

っと、今はそんなことよりも……

「ていやっ！」

「つらぁあああッ‼‼」

クララというコンジャラーは合計で三体のゴーレムを召喚し、ワイバーン相手に連携しながら剣を振るう。一方でアリウスは、力任せにひたすら打撃の連打を続けていた。

……にもかかわらず、圧倒的に優勢なのはワイバーンの方だった。

その巨体からは想像できない程、素早い動きでゴーレムの連携を崩し、アリウスの連撃を受けながらも牙や尻尾を用いて反撃していく。

ワイバーンの尻尾で派手に薙《な》ぎ払《はら》われたゴーレムは、周辺の商店を巻き込みながら一瞬で胴体を崩されていった。ここまで圧倒的な手数だったにもかかわらず、強過ぎる個の力が勇者候補生のそれを遥《はる》かに上回っていく。

「なあ、これ思ったよりヤバいんじゃねぇか……？」

「そうですね……。あのワイバーン、なんだか異常です。加勢した方が良さそうですね」

アオイもアリウスを追うようにして、テラス席の柵を飛び越えて行った。

……なんというか、あれだな。かなり面倒だが、こうなっては仕方ない。

二人に協力するなんて言ってしまった手前、さっそく約束を反故《ほご》にするわけにもいかないだろうし、俺たちも助太刀を——

「あっ！　師匠、大変です！」

「ん、どうした、イデア？」

「私の装備、勇者寮に置きっぱなしでした！　これじゃ戦えません!?」

「やりやがったな、お前……」

「あはは——……。な、なので、ここから精一杯、師匠の応援をしていようと思いますっ！

頑張ってください、師匠！」

なんて言って、イデアは額に汗を浮かべながら、引《ひ》き攣《つ》った笑みで両手を振る。

最低限の装備くらい持ち歩いておけよ……

こいつマジで戦闘面では役に立たないな。

とはいえ、イデアは別に戦力として期待できるわけでもないし、放っておいてもいいか。

「お前の応援なんて要《い》らねぇから、せめて王国騎士団の応援でも連れて来い。たいした戦力にはならないだろうが、国民の避難誘導くらい出来るだろ」

「わ、分かりました！　急いで連絡を入れてきますっ！」

そう言って、急ぎオープンテラスから出て行くイデア。

さて、俺ものんびりし過ぎてはいられない。せめて戦闘のサポートくらいはしてやらないと……

ワイバーンの咆哮を耳にしながら、俺もテラス席の柵を飛び越えて、急いでいる感じを出しつつ戦闘の最中へと向かった。あー、めんどくせえなぁ……

◇

間近で見る戦闘は、想定していたよりも遥かに激しい抗争だった。

そこら一帯の商店は無残に破壊され、建物や設備の残骸が大通りに散らばっている。

【グガガガガガ、アアアアアアアアアアアアッ!!!!】

「フフ、ぶっ殺します……!」

近くでそう呟いたアオイの周りには、自立して浮遊する金属の鎖が漂っていた。

次の瞬間、その鎖がワイバーンに向かって一直線に伸び、先端のアンカーが巨大な片翼を貫いて固定される。鎖のもう一端を引っ張りながら、アオイが口を開いた。

「ん、心臓を止めるつもりでしたが、少しズレましたね。……まあいいです。拘束しておきますので、今のうちに殺《や》っちゃってください」

「ああ、任せなよ……ッ!」

言いながら、アリウスがワイバーンの巨体に突っ込んでいく。拳を構え、思い切り振り抜くと、鋼のような鱗にひびを入れて確実にダメージを与えていった。

そんなアリウスの雄姿に続いて、次々と勇者候補生たちがユニークスキルをワイバーンに叩き込んでいく。……というか、いつの間にか勇者候補の人数が増えてたんだな。

「今よ！　私たちも続くわ！」

「やぁあああぁあッッッ‼‼」

全部で一〇人くらいは居るだろうか。まあ、休みに娯楽を求めれば、ここら一帯に足を運ぶのは当然かもしれない。

すれ違わなかっただけで、近場には居たのだろう。初めに参戦したクラ・クラエルという少女のように、自らの意志で騒動の中心に足を運んできたようだ。これなら、俺の出番はないかもしれないな。

しかし、そんな考えとは裏腹にワイバーンは必死な抵抗を見せるのだった。近づく勇者候補生たちを振り払いながら、翼をばたつかせて空中に飛び立つ。

「くっ……」

ワイバーンと繋《つな》がった鎖を握るアオイは、苦悶《くもん》の表情を見せた。

さすがに人間との力比べでは向こうに分がある。いずれ押し切られることは明らかだ。

今はアオイが鎖を握っているせいでワイバーンも完全な自由ではないが、それでも力任せに飛び回ることは出来ていた。

だが、それでも……もう一点で拘束できれば、ワイバーンの動きをほぼ止められるかもしれないな。

「おい、アリウス！　アオイの鎖を引っ張って、あいつを地面に落とせないか？」

「ワイバーンを地面に……？　分かった。やってみるよ」

言いながらアリウスはアオイの鎖を握り、力任せにそれを引《ひ》き摺《ず》り込む。

安定しない空中でバランスを崩されたことで、ワイバーンは止《や》む無《な》く半ば地面に叩きつけられながら着地した。

俺はその着地点に身体《からだ》を滑り込ませ、ホルダーの瓶から水を空中に放る。

「――凍結」

魔道具の瓶から放出された大量の水を魔力で操り、瞬時に凍らせることでワイバーンの片足を地面に縫い付ける。

その氷とアオイの鎖により、二点で身体を固定されれば、ワイバーンの可動域も極端に小さくなる。形勢は一気に有利な状況に……なるはずだった。

【グワアアァアアアアッ‼‼　アアアアアァアアアアアアッ‼‼】

「くはっ――⁉」

「きゃあっ⁉」

そこまでしても尚《なお》、ワイバーンはただ本能に従うように、衝動に動かされるように獲物を求めて暴れ回る。どんな状況だろうが構わず襲ってくる殺戮《さつりく》の怪物だ。

「こ、この……ッ！」

「不用意に近づかないで！　死角から確実に――」

咄嗟《とっさ》にクララ・クラエルが叫ぶが、その声が届く前に一人の勇者候補生がワイバーンの大顎に首から上を食い破られた。

それとほぼ同時、鞭《むち》のような尻尾に叩きつけられた少女が吹っ飛ばされ、商店を破壊しながらズタボロの肉塊と化す。一瞬にして、呆気《あっけ》なく二人の勇者候補生が死んだのだった。

「マズいな、あんなにもあっさり……。イフ・アイドラ、私をサポートできるかい？」

「なんか策でもあるのか？」

聞き返すと、アリウスは自信と苦笑いの混じった表情で返事をした。

「私のユニークスキルは、防御と引き換えに強力な一撃を繰り出す。無防備な状況の私を守ってくれれば、仕留められると思う」

「……そうか。なら、協力はする。でも、さすがに俺だけの力じゃ、あの化け物は止められねぇな」

「分かった。じゃあ……皆も力を貸してほしい！　ほんの一〇秒程度でいいから、ワイバーンの動きを完全に止めてくれ！」

アリウスが周りの勇者候補生に声を掛ける。すると、大多数の少女たちは頷《うなず》きを返してくるのだった。勇者ゲームのライバルとはいえ、今の利害は一致している。裏切るメリットも少ないだろう。

今、生きているのは……八人か。これならギリ勝機はあるかもしれない。

「私のゴーレムで押さえつけるから、その間に頼むわ！」

「こっちも、もう少しだけ時間を稼ぎます……！」

クララ・クラエルの半壊したゴーレムがワイバーンに向かって駆ける。

一方で、アオイも二本目の鎖を操りながら拘束の手数を増やした。

他の勇者候補生たちも各々《おのおの》のユニークスキルを駆使しながら、ワイバーンに向けて一斉に攻撃を開始する。

だが、それらの攻撃は硬い鱗に阻《はば》まれ、ダメージが通っているようには見えなかった。

「ホントに大丈夫なんだろうな……？」

「ああ、信じてくれ。私が渾身《こんしん》の一撃を叩き込んでみせるからッ！」

言うと同時、アリウスが正面からワイバーンに向かって直進する。

回避行動を取る様子もなく、本当に無防備を晒《さら》しながら右腕を身体ごと大きく振りかぶった。

【グガガガ、アアアア‼‼】

　ワイバーンは数々の攻撃を受けながらも、接近してくるアリウスだけでなく周囲にあるすべてを吹き飛ばすように、ただただ暴れ回る。

　あれを喰《く》らいたくはないが、協力すると言った以上、最低限のことはしないといけないよな……

　なんて思いながら、俺は氷の大盾を生成し、ワイバーンとアリウスの間に割って入る。

「こっちだッ‼‼」

【アアアアアアアアアアアアア‼‼】

　接近する大顎が、俺の大盾に食らいつく。

　すると鋭い牙が氷に刺さり、盾はアイスキャンディーのように砕け散った。

　次の攻撃を喰らうのはマズい……

　だが、時間は稼いだはずだ……！

「アリウス‼‼」

「ありがとう、もう十分だよ。……っらぁああああああああああッッッ‼‼」

　大きく拳を放つアリウス。

　周りの空気を破裂させるような爆音が響き、その拳がワイバーンの脳天を打ち抜く。

拉《ひしゃ》げる頭部、折れ曲がる首、飛び散る赫《あか》。

それらの視覚情報が、ワイバーンの命の火が消えたことを容易に伝えてきた。

悲鳴を上げる暇さえなく、絶命した肉塊が大きな音を立てて地面に崩れるのだった。

とんでもねぇ威力だな……

マジで敵にはしたくない相手だ。明確な弱点もあるとはいえ、この破壊力を目《ま》の当《あ》たりにしてしまえば、本能的に過剰な警戒をしてしまっても不思議はないだろう。

「ええっ⁉ もう終わってるじゃないですかー⁉」

「ん……？」

その声のした方を見れば、ざっと三〇人ほどの王国騎士団と行動を共にするイデアが驚きの表情を浮かべていた。

「あ、師匠！ これじゃ私、無駄足ですよ～！」

「うるせーな。お前らが遅かったのが悪いんだろうが……」

俺を見つけて駆け寄ってくるイデアに、悪態をつきながら雑に返事をする。

まあ、騎士団が間に合っていたところで、戦力になっていたかは疑問だ。しかし、この惨状の後片付けくらいは出来るだろう。建物の残骸や転がっている肉片は、とても一般人に見せられる状況じゃない。

そんなことを考えていると、騎士団の中から顔に傷のある一人の少女が近づいてきた。

「これ、イフくんたちが討伐したのですか……？」

「ん、シューラも一緒だったのか。まあ、勇者候補生一〇人掛かりでやっとだけどな。それも二人犠牲にして」

「そう、でしたか……」

暗く俯《うつむ》き、シューラは近くにあった地面の血痕を一瞥《いちべつ》する。

ぎゅっと握られた拳は、小さく震えていた。それに気づき、俺はシューラに問う。

「犠牲者が出たこと、不満に思うか？」

「いえ、そうではありません。とても必死に戦ってくれたことは、この惨状を見れば明らかですから」

「そうか……」

「はい。それに……スターヴ・ワイバーン相手にこれだけの被害で済んだのですから、きっとこれが最善だったのでしょう……」

「ま、そうかもしれな――ん、なんだって？」

シューラの口から出た言葉を流しそうになり、咄嗟に聞き返す俺。

「こ、これスターヴ・ワイバーンだったんですか⁉　古龍の一種じゃないですか！」

目を見開き、驚愕《きょうがく》の声を上げるイデア。

そしてシューラは、少しだけ間を空けて冷静に説明を続ける。

「古龍の存在は一般にも認知されているので、二人ともご存じでしょう。昔から多くの勇者を亡《な》き者にしてきたドラゴンの総称です。このスターヴ・ワイバーンも、最強クラスのモンスターとして名を連ねています」

「そんなにヤバいモンスターだったんだな、こいつ……」

もちろん古龍の存在は知っていたものの、こうして実物を見るのは初めてだった。

そういえば、いつだったか「僕は古龍を何匹も討伐したことがあるんだよ！」とブルムが自慢げに語っていたことがあった。

そのときは「ふーん」くらいにしか思っていなかったが、こうして脅威を目の当たりにすると、相当の化け物だったことが分かるな。……古龍も、ブルムも。

「黙って聞いていれば、大袈裟《おおげさ》にものを言い過ぎじゃないかしら？　これくらい、勇者であれば討伐して当然のモンスターでしょ。勇者候補生が一〇人も居て、しかも相手は古龍の幼体なのだから」

「め、メルク皇女……⁉」

騎士団の後方から運営委員を引き連れてメルク皇女が姿を現し、それを見たイデアや他の勇者候補生たちが愕然《がくぜん》として声を上げた。

わざわざ皇女殿下がこんな所まで足を運んできたこともそうだが、あの強さの古龍がまだ幼体であったことに関しても驚きだ。

もし成体ともなれば、どんな脅威となるのやら……

「まあでも、いい前哨戦《ぜんしょうせん》になったようね。お前たちは運がいいわ」

「ん、それはどういう――」

「運営委員と騎士団は町の復旧作業に移りなさい！　古龍の死骸は撤去して、怪我人《けがにん》が居れば即座に応援を要請すること！　近くの町医者にも協力させなさい！」

俺の疑問は遮られ、メルク皇女はテキパキと配下に指示を出していく。

しかもクソ律儀《りちぎ》なことに、運営委員でも騎士団でもないシューラまでもメルク皇女の号令に従って、町の復旧作業を手伝い始めるのだった。

ったく、そこまで付き合ってやる義理もないだろうに……

まあ、ワイバーンは無事に討伐されて、他の勇者候補生たちの情報も得られた。俺の仕事と成果はそれだけでも十分だろう。

「行くぞ、イデア。ティータイムの続きだ」

「うわ、こんな状況でよくそんなこと言えましたね……。まあ、私はいいですけど」

俺が歩き出すと、イデアが横で肩を並べる。

無邪気な表情で何故《なぜ》かやけに嬉《うれ》しそうにしているのだった。妙に懐《なつ》かれてしまったもんだな。不思議なことに。

そして、俺たちは休日の残り時間を楽しむべく、近場の商店を覗《のぞ》いて回った。

のだが……

どこもワイバーンの騒動で臨時休業になっていたのだった。

どの店も開いてねぇな……

「もう帰るか」

「ええ!?　まだ、ぜんぜんデートしてないじゃないですかー!?」

不満そうなイデアの声を無視して、俺はさっさと帰路につくことにした。

他の勇者候補生との距離感など、この程度でいい。

勇者ゲームを続けていれば、どうせいつか敵対する相手だからな……

◇

復旧作業中の城下町。

スターヴ・ワイバーンと戦闘のあった跡地は、激しい抗戦があったことを察するに余りある惨状だった。

至る所に血痕が見られ、破壊された建物には欠損した死体や瓦礫《がれき》の残骸が散乱している。

いや、むしろこの程度の被害で済ませたことを、彼女らは誇るべきなのだろう。

古龍に襲われて滅んだ国など、歴史を見ればそう珍しいことでもない。

そんな優秀な勇者候補生たちにも興味はあったが、今はそれよりも優先するべきことがあった。もちろん、彼のことだ。

不敬を承知で、メルク皇女の前に跪《ひざまず》き提言する。

「メルク皇女、お願いがあって参りました」

「はぁ、あなたもしつこいわね……」

本来であれば牢《ろう》に入れられても不思議でないような不敬だが、メルク皇女は呆《あき》れたような視線を向けてくるだけだった。

しかし、そんな性格も昔から知るところだ。許容される望みが薄い行動でもないだろう。

皇女の護衛である運営委員が一歩踏み出すが、メルク皇女はそれを片手で制する。どうやら、やはり話を聞いてくれる気はあるらしい。

「サードゲームではイフく……イフ・アイドラと同じパーティの組み合わせにして頂けないでしょうか。運営殺しの真相を確かめるチャンスを賜りたいのです」

次のゲームでは、きっとイフくんの真意を確かめてみせる。その為《ため》なら、危ない橋でも渡ってみせよう。と、そんな逸《はや》る気持ちを抑え込みながらメルク皇女に進言した。

「……ま、それくらい別に構わないわ。私としても運営殺しの犯人は探らないといけないもの。でも、王城でも言った通り、イフ・アイドラと同様のスキルを使えるシューラにも疑いは掛かっている。どう受け止めるかは自由だけれど、そのことは決して忘れないようにしなさい」

氷のスキルを使った運営殺しの犯行……

となれば当然、容疑者は二人に絞られる。

だが、自分の目から見れば犯人はイフくんで間違いない。

だからこそ、彼の真意を探る必要がある。この不可解な行動の意味を。

「はい、承知しています。必ずや犯人の化けの皮を剝がしてみせましょう」

立ち上がり、一礼をしてから踵《きびす》を返《かえ》す。

きっとサードゲームでは何かが分かるはず。頭の中はそんな予感で溢《あふ》れていた。

場合によっては……腰に下げたこの剣を抜くことになるかもしれない。

そんな最悪の状況も視野に入れつつ、明日のゲームに備えることにした。

四章　家族

サードゲーム、当日。

俺たちはいつもの王国広場ではなく、ライビア王国から少し離れた場所にあるダンジョンを訪れていた。

深い森を抜けた先にある、石造りの巨大な建造物。全容が見えるわけではないが、無機質で巨大な長方形の建物だ。装飾の類いは一切見られない。

といっても、これはライビア王国が勇者ゲームの為に管理している人工ダンジョンであり、隠された財宝が眠っているとかではないらしい。

「にしても、なんで六人しか居ねぇんだ……？」

「さあ、どうしてでしょうね」

俺の問いに首を傾《かし》げるイデア。

そう、この場に居る勇者候補生はたったの六人だけ。セカンドゲームを生き残ったのは六二人だったはず……いや、先日のワイバーン騒動で二人死んだから六〇人か。

「きっと、今回は六人パーティの試験なのよ。他にも王国が管理しているダンジョンはいくつもあるらしいから、同じようにチーム分けされているのかも」

そんな答えを口にしたのは、特徴的な片眼鏡と深緑色のショートヘア、魔術的装備を身に着けた勇者候補生――〈彫刻家〉クララ・クラエル。

昨日の騒動では、いち早くワイバーンと対峙《たいじ》したゴーレム使いのコンジャラーだ。

「チーム分けの方法は分からないけど、知り合いと同じパーティだったのは心強い。よろしく頼むよ、みんな。イフ・アイドラは特にね」

続いて声を掛けてきたのは、〈蛮勇闘技〉アリウス・パテラ。

昨日は見かけなかったが、今日は拳に大きな籠手《こて》を嵌《は》めている。戦闘スタイルは、やはり体術によるものがメインなのだろう。パーティの一員として吉と出るか凶と出るか。

「そもそも、まだ仲間だと決まったわけじゃないだろ。俺たちで争う可能性だって十分にある」

「ふむ、言われてみればそうだね。じゃあ、そのときは――」

「殺し合いにゃ！」

と、口を挟んできたのは、語尾と二つ名が一致しない謎の少女。えっと、たしか……〈人喰《ひとく》い狼《おおかみ》〉アクロア・キットだったか。

セカンドゲームで少しだけ相見《あいまみ》えたことを思い出す。そういえば、あのとき見た獣耳《けもみみ》がないな。ユニークスキルを発動したときだけ現れるような、肉体強化の類いだろうか。

「なあ、お前……セカンドゲームで戦ってた相手で、桃色髪の……、えっと……」

「〈千紫万紅〉ティル・カウスさんです、師匠」

「そう、そいつだ。結局、あいつはどうなったんだ？　殺したのか？」

「残念だけど、あいつには逃げられたにゃ。仕方にゃーから、他の勇者候補殺して村人奪ったにゃ」

なんて気楽そうに言いながら、アクロアという少女は真《ま》っ直《す》ぐ俺の元に近寄ってきた。

そして、俺の顔を覗き込むと、ニヤリと笑って言葉を続ける。

「お前、化け物みたいな魔力量だにゃ。それも、上級魔族と同等レベルにゃ」

鋭い瞳で俺を見つめ、アクロアは揶揄《からか》うように言った。

「……なんで、そう思ったんだ？」

「私は〈人喰い狼〉だから鼻が利《き》くにゃ」

「だったら、そりゃ気のせいだな。俺の魔力は少量しかなくて、日に数回しかスキルを使えねぇんだよ」

「そんなはずないにゃ。それなら、もっと匂い嗅がせるにゃ！」

「お、おい……！」

アクロアは俺の身体《からだ》に顔面を押し付け、すーはーと深呼吸しながら匂いを嗅ぎ始めた。

細身の身体ながらも、やはり女の子らしい柔らかさを感じる。特に胸の辺りで。

やれやれ……。いくら俺がナイスガイとはいえ、こんなところでそんなことされるのは非常に困るな。だって、妹の前だし……

「む……」

実は同じパーティに居たシューラがジト目でこちらを睨《にら》むと、アクロアの首根っこを摑《つか》んで、強引に引き剝がしに掛かるのだった。

「んにゃ……!?」

「馴《な》れ馴《な》れしくイフくんに近づかないでください」

「そ、そうですよ！　えっちです！　師匠が発情しちゃうじゃないですか！」

「俺を何だと思ってるんだ……」

「は、はにゃせ！　お前らには関係ないにゃ！　臓物引《ひ》き摺《ず》り出して、ぶっ殺すぞにゃ！」

「お前、語尾の割に口悪いな……」

とまあ色々とツッコミどころはあったが、イデアとシューラによってアクロアが引き離されていく。当の本人は不満顔で俺のことをジッと眺めていた。

「イフくん、気を抜かないでください。あの〈人喰い狼〉は文字通りの極悪人なのですからね」

「こ、こいつが極悪人……？　ただの変人の間違いだろ」

「スラムの獣人に育てられた特殊な勇者候補です。もともとは殺人の罪で囚人となっていましたが、身体に勇者の印が発見されて勇者ゲームに強制参加させられたんですよ」

「お前、よく知ってるにゃ。王国の関係者で、私を監視しに来たのかにゃ……？」

「……まあ、当たらずとも遠からずです。見張るという意味では」

シューラは何故か俺の方に視線を逸《そ》らしつつ、曖昧に返事をした。事情を知られると不都合なことでもあったのだろうか。

しかしまあ、王国側の内部事情になんて興味はない。

今はこの六人がパーティであるという現状に目を向けるべきだろう。

サードゲームの内容如何《いかん》では、こいつらと協力するか敵対するかで大きく運命が変わるはずだ。

それから直ぐに、勇者選抜試験を進めるに当たって必要な最後の一人が姿を現す。

「お待たせしました。サードゲームでキミたちを担当する運営委員です」

そう言いながら俺たちの前に立ったのは、赤い髪でメガネをかけた運営委員だった。

手には布袋が握られていて、腰からは長い刀身で漆黒の柄《つか》をした剣が下がっているのが視界に入る。

今までの運営委員は、勇者ゲームの案内であからさまな武器を携帯していなかったはずだが……なるほど、そういうことか。

きっと、それが必要になる可能性を考慮してのことだろう。ま、悪くない判断だな。

「では、これより試験の内容を説明します。サードゲームはバッドステータスの試練です。まずキミたちには、ここで事前に毒薬を飲んでもらいます」

「ど、毒薬を、自らですか……？」

緊張した声音でイデアは呟《つぶや》く。

「はい。それが、言わばタイムリミット。毒で命が尽きる前に、このダンジョンを攻略してもらいます」

淡々とルールを説明していく運営委員は、布袋から六本の薬瓶を取り出して、俺たち一人一人にそれを手渡していくのだった。

「そして、六人パーティでダンジョンを攻略し、ボスのスターヴ・ワイバーンを討伐して最奥《さいおう》にある解毒《げどく》剤を入手するのがサードゲームの試験内容になります」

「ちょ、待って……！　スターヴ・ワイバーンって、昨日の古龍よね!?　またあんなのを倒さないといけないの⁉」

「しかも、毒を飲みながらなんて……、さすがに無茶ですって……⁉」

クララとイデアは明らかに動揺を見せながら、抗議の色を滲《にじ》ませた声を上げた。

でもまあ、そうは思ってない連中も居るみたいだったが。

「ははは、何を言っているんだ。私たちは魔王を倒す為に勇者を目指しているんだろう？これ以上の無茶を通さないといけないのに、古龍ごときで躓《つまず》いていられないよ」

「そうにゃ！　どんな敵でも殺せないやつは、ただの肉塊になって死ぬだけにゃ！　にゃはははは‼‼」

アリウスとアクロアの二人は、相手が古龍であろうと自信満々の様子みたいだな。といっても、ただの戦闘狂である可能性は否定できないけど。

そして、俺とシューラはノーコメントだ。個人的にはアクロアの意見に賛成だが、今は冷静に場を見極める局面だろう。特にこんな即席のパーティであれば尚更《なおさら》な。

「さて、まだ説明は残ってますがサードゲームのルールですので、ここで服毒をお願いします。毒は体内に入れてから緩やかに活性化する遅効性で、直ぐに症状が出ることはありません。なので、安心してください」

「な、何も安心できる要素はありませんね……」

イデアはジト目で呟き、どうするのかと視線で俺に問うてきた。

まあ、これがルールである以上、たとえ毒でも飲むしかないだろう。

俺は薬瓶の蓋を開け、その中に入った緑色の液体を口に流し込んだ。

「これでいいのか？」

口の中に酷《ひど》い苦みを感じながら、俺は運営委員に問うた。

「はい、これでキミは正当にサードゲームの参加資格を得ました。飲んだフリをしても誤魔化せませんから、さっさと飲んでくださいね」

俺が真っ先にアクションを起こしたことで他の連中も動きやすくなったのか、意を決するように次々と薬瓶の毒を喉に流し込んでいく。

「うへー、これホントに飲むんですかぁ……？」

泣きごとを言いながら、イデアは手元の薬瓶をじっと眺めて口に含もうとしない。

「仕方ないだろ、そういうゲームなんだから」

「じゃ、じゃあ師匠が口移ししてくださいっ！」

「どうせ、そのまま俺に二本分飲ませる気だろ……」

「そ、そんなことしませんからぁー！　……た、たぶん」

「たぶんとか言ってる時点で確信犯じゃねぇか」

こんなことしている間にも、俺たちのタイムリミットは短くなってるんだから、さっさと飲んでくれねぇかな……

そう思っていると、運営委員が笑顔で睨みを利かせながら「早く飲んでくださいね」とイデアに告げたのだった。

しかし、その目からは不思議と「イチャイチャしてんじゃねぇよこら」という真意が容易に読み取れた。そんな鬼の形相を見て、イデアは震えながら涙目でゴクンと毒薬を飲み込む。……ま、まあ、俺からは何も言うまい。

「っと、これで全員が確実に服毒しましたね。では、最後のルールを伝えましょう」

「時間も惜しいし、さっさと話すにゃ」

説明を急《せ》かすアクロアを後目《しりめ》に、運営委員はゆっくりと言葉を紡《つむ》いでいった。

それも、これが最も重要なルールであると言わんばかりに。

「さっき説明した通り、ダンジョンのボス部屋には解毒剤が用意されています。――ただし、用意されている解毒剤は全部で五人分だけです」

「なっ……⁉」

「は、はぁ……っ⁉　全部で五人分ってことは、一人分足りないじゃない！」

悲鳴に似た声を上げるクララ。しかしまあ、運営側の意図は察していることだろう。

にしても、そういうことか……

道理でルール説明の途中で毒を飲ませたわけだ。途中で棄権するやつが出たらゲームが成立しなくなるからな。運営側も酷なことを強いるものだ。

とはいえ、このルールに一番ショックを受けているのは、間違いなく……

「ど、どういうことですか！　このままじゃ、最低でも一人は犠牲者が出ますよ⁉」

やはり非難の声を上げるのはシューラだった。

運営委員に詰め寄るが、相手は意に介した様子もなく、ただ淡々と補足を続ける。

「サードゲームでは協力、利用、裏切り、駆け引き、運、騙《だま》し合《あ》い……様々な要素が複雑に絡《から》み合《あ》います。どんな行動を取るべきか、よく考えてくださいね」

「っ…………！」

それを聞き、シューラは表情を曇らせた。

聖剣に選ばれし者は、圧倒的に強大な力を有している。にもかかわらず、皮肉だがその源である正義感や潔癖さが勇者ゲームでは仇《あだ》となっていた。

……いや、そうじゃないのか。

聖剣の勇者候補が心を捨てることによって初めて、新世代の勇者が……最強の勇者が完成するのかもしれない。

その行方を決めるのは、シューラ自身だ。

結局のところ、どんな綺麗《きれい》ごとを言い訳にしようが、俺たちは魔王を殺そうとしている。

勇者とはその〝殺し〟が正当化される存在だ。

だから、これはシューラに課せられた聖剣使いのジレンマであり試練なのだろう。

「――では、これよりサードゲームを開始します!!!!」

そして、シューラにとって……いや、俺にとっても重大な意味を持つゲームの幕が上がったのだった。

◇

「あの、ここで一人……早期リタイアを決めませんか?」

シューラからそんな提案が出たのは、これからダンジョンに潜ろうかという直前のことだった。

「それ、何を言ってるのか分かってる? あなたは、ここで勇者になれないやつを決めようって言ってるのよ……?」

「ですが、もし初めから五人でダンジョン攻略を目指し、リタイアする一人が急いで王国まで帰って解毒剤を買えば、全員が生き残れるはずです」

「で、どうやってリタイアを決めるつもり？　まさか、あなたが名乗り出てくれるの？」

「それは、その……」

クララとの言い合いで、呆気《あっけ》なく言葉を詰まらせるシューラ。

あいつも理性では分かっているはずだ。そんなことしても無駄だと。

それでも、僅かな可能性に縋《すが》るしかないのだ。

誰よりも心優しい勇者だから。それが呪いであるにもかかわらず。

「諦めろ、シューラ。ここに居るやつらは全員、勇者を目指してるんだ。結局、俺たちは殺し合う運命なんだよ」

「で、ですが……、仲間同士で殺し合うなんて、勇者のすることじゃ……」

そもそも、こんなところで無駄に時間を使っている場合じゃない。

口籠もるシューラを見ながら、さっさと先に進むべきだと口を開きかけたときだった。

「私はリタイア決めに賛成にゃ」

不敵な笑みを浮かべ、そう切り出したのはアクロアだった。

何言ってんだ、こいつ……？

そんなこと出来るはずもないし、場をかき乱すような発言は、却《かえ》ってパーティから切り捨てられるリスクを上げるだけだろう。

「でも、どうやってリタイアを決めるつもりかな?」

と、端的にアリウスが問うた。

「もちろん、ここで殺し合うにゃ。裏切りを気にしながらボス戦なんて私は嫌だにゃー」

「はぁ……、話にならないわね。あなたは昨日の騒動に巻き込まれていないから分からないんでしょうけど、古龍なんてたった五人で倒せるような相手じゃないの。それも、こんなところで争って消耗すれば、きっと全滅でしょうね」

アクロアの言葉にも一理あるとは思うが、やはり理屈として通っているのはクララの方だろうな。

あのスターヴ・ワイバーンを討伐するのであれば、少なくとも仲間割れで消耗した後に戦うリスクは避けたいところだ。

それに、人数が多ければそれだけ俺がサボれる可能性も上がるはず。よって、アクロアの案は却下。俺はクララの側に付くことにしよう。

「でも、よく考えるにゃ。五対一なら少ない消耗でリタイアを決められるにゃ」

「は?　なによ、五対一って……」

「みんなで〈凍結〉イフ・アイドラを殺すにゃ。そうすれば全部解決だにゃ!」

「あ、そういうこと……」

なるほどな。適当に一人の犠牲者を決めれば、数的有利になって楽に始末でき……

「――ちょ、はぁ⁉」

いや、待て！

理屈は分かるが、なんで標的が俺なんだよ……ッ⁉

「ど、どうして師匠がターゲットなんですか！　そんなの私が困りますよ⁉」

「そうだね。私も協力関係にある以上、彼を標的には出来ないかな」

イデアとアリウスの二人は即座に反対意見を述べる。いちおう、俺の側に付いてくれるみたいだ。

ともあれ、少なからず味方が居てくれて助かったが……

「あいつの魔力は魔族と同じ匂いがして危険にゃ。さっさと殺しておくべきにゃ」

俺を指さし、アクロアはじーっと俺を睨《ね》め付《つ》けながら言った。

「誰が魔族だ。俺は人族だろ」

「そ、そうですよ！　そんな言い掛かりでイフくんを敵にするのはやめてください」

俺たちの兄妹《きょうだい》関係は表立っていないものの、この中で唯一の肉親であるシューラも俺のフォローに付いた。

「はぁ……、やっぱダメね。ここで一人のリタイアを決めるのは無理よ」

「ああ、そのようだね。毒のタイムリミットも近づいているわけだし、早く解毒剤《げどく》を取りに行った方がいい」

あまり建設的な話が出来なかったことで、クララとアリウスはダンジョンの入り口に向かって歩き出した。

どうやら、やっぱりシューラやアクロアの提案を聞く気はないみたいだな。

「ま、仕方ないにゃ。イフ・アイドラを殺すのは後回しにするにゃ」

「聞き捨てならねぇこと言いながら、立ち去るんじゃねぇよ……」

「にゃははは！」

アクロアは軽快に笑いながら、ダンジョンの入り口に向かう二人の後を追った。

ったく、これじゃいつ背中から刺されるか分かったもんじゃねぇな……

「んで、シューラ。お前はどうするんだ？」

「わ、私は……」

直《す》ぐに答えを出せず、シューラはその場で俯《うつむ》いた。

数瞬、無音の時が流れる。

やはり、答えを決めかねているようだ。ある意味、こいつが最も勇者から遠い存在かもしれないな。これだけの力を有しているのに。

「ま、悩むことは悪いことじゃない。もう一度、勇者という存在について考えてみろ。もし答えが出たら、俺にも聞かせてくれ」

気難しい顔をしたシューラに、そんなことを伝えた。

偉そうなことを言えた立場じゃないが、妹の人生相談くらいなら乗ってやれるはずだ。

やがて、吹いた風が肌を撫《な》で、急かすように俺の背中を押してきた。

「あの、師匠。そろそろ行かないと、置いてかれちゃいますけど……?」

「……そうだな。行くか」

「は、はい……」

俺はシューラを置き去りにし、イデアと共にダンジョンに向かって歩き始める。

世界は冷酷だ。

何かを捨てなければ、歩き出すことさえままならない。

たとえそれが、どんなに大事なものでも——

◇

ダンジョンの内部構造は、巨大な迷路を思わせるような造りだった。

至るところに分かれ道があり、狭い通路の先に小部屋がある巨大洞窟、といった感じだろうか。

場合によっては、ボス部屋まで辿《たど》り着《つ》く前に毒に侵されて命を落としかねない。そんな予感を抱かせるくらいの広大さだ。

全体的に石造りであり、じめじめした空気が漂っているのが分かる。幸いなことに、通路や部屋の明かりは魔道具で照らされており、視界の悪さは感じられない。

そんなダンジョンの一角を、五人に減ったパーティで固まりながら進んでいく。

「師匠、妹さんホントに置いて来ちゃってよかったんですかね……？」

「……さあ、どうだろうな」

最悪、シューラが追い付いてこなかったとしても、俺が戦力としてサボれなくなる程度の弊害だろう。もちろん、古龍の脅威を甘く見ているわけではないが。

それに、ここで脱落するようであれば、それまでの勇者候補だったというだけだしな。

「まあ、そこは一長一短よね。聖剣使いっていうパーティの最大戦力は失ったけれど、その反面で順当に行けば脱落するのはシューラ・アイドラ。強力なライバルが減る可能性は高いわ」

先を急ぎながら、クララは含み笑いを浮かべる。まあ、言っていることは尤《もっと》もだな。

「そういえば、キミはシューラと同じアイドラの名だけど、もしかして何か関係があるのかい？　それに、彼女とは親しげな様子だったし」

と、アリウスは横目で俺を見て問うた。

アリウスの疑問も当然だろうし、他の連中も同じことを気にしていたに違いない。

さて、どうしたものか……。でもまあ、誤魔化すのも面倒そうだし、素直に話してしまった方がいいかもしれないな。

ここに居るのは同じパーティメンバーだし、無意味な軋轢《あつれき》を生むのは得策じゃない。

「あいつは俺の妹だ。といっても、勇者ゲームが始まるまではワケあって生き別れていた。過剰な肩入れをする気はない」

「そうか、妹さんだったのか。でも、それにしては……」

「薄情な兄も居たものだにゃー」

数歩先を行く二人の表情は分からない。だが、あまり良《い》い印象を持たれていないことは確かだろうな。

それでも、なんと言われようが構わないし、俺は俺の道を行くだけだ。

「じゃあ、そんなお兄さんに質問。シューラ・アイドラは私たちを追いかけてくると思う？」

「そうだな。あいつなら、たぶん来るだろうな」

「そっか……。でも、それはそれで困るんだけどね……」

「そんなことより、今はダンジョン攻略のことを考えた方がいい。それに、仮にパーティが六人に戻ったとしても、戦いの最中で犠牲が出て五人に減る可能性だってある」

けどまあ、口には出さないが、むしろ俺の見立てでは一人どころか、それ以上減る可能性の方が高いとさえ思っている。

真っ当に古龍と戦ったとして、犠牲を出さずに討伐するのは不可能に近いのではないだろうか。

「でも、もし犠牲が出なかったらどうするにゃ？」

「そのときは改めて殺し合いだろうな」

「ええー、マジですか師匠～……」

「だとしても、古龍を討伐する前にこっちが消耗すれば、ダンジョンをクリアできない可能性だって考えられる。今は仮初めでも協力関係を結ぶべきだ」

それでも多少の駆け引きや騙《だま》し合《あ》いは発生するだろうが、こうして口約束だけでもしておけば露骨な裏切りを働くことは出来ないはず。

「ま、そうするしかないわよね。冴《さ》えたやり方じゃないけど」

「でもその前に、どうボス部屋まで到達するかが問題かもしれないね……」

不意に先頭を行くアリウスが足を止めた。

後ろを歩く俺たちも立ち止まり、その先に視線を向けると、そこには二本の分かれ道。

果たして、どちらに進むべきか……

なんて、そんなの初めからどうするかは決めてあったけどな。

「出番だぞ、イデア」

「え、私ですか……？」

きょとんとした表情で俺を見上げるイデア。まさか、自分が頼られるとは思っていなかったという顔だった。

◇

勇者候補生たちがダンジョンに入ってから、幾何《いくばく》かの時間が経過した。

しかし、その間もシューラはただ佇《たたず》むばかりで、俯きながら動こうとする様子はない。

静かな深い森の奥。

ぽっかり空いて開けた場所には、運営委員と勇者候補生が二人きり……

傍《はた》から見れば、きっと奇妙な光景だろう。そんなことを思った。

「キミはダンジョンに行かないの、ですか？」

「私は……いったい、どうすればいいのでしょうね……」

なんて、シューラは自嘲気味に言《い》い淀《よど》む。

急いでイフくんを追わないといけないのに。それは分かっているのだが、この状況がそれを許さなかった。

「しっかり言葉にしないと伝わらない。そう思いますけど？」

「もちろん、それは分かっています。でも……」

「何が正しいかは自分自身が決めることです。他人に決めてもらうことじゃない」

勇者ゲームでは幾度となく人が死んできた。

もちろん、それが正しいと思ったことなど一度もない。

きっと彼女だって、それは同じ気持ちだったことだろう。

自分には今までの犠牲を背負うだけのことは出来なかったし、この先もそんな大層なことが出来る気などしない。

でも、せめて彼だけは……イフくんのことだけは、自分が責任を持ちたかった。

家族として、愛する人として。

彼の為《ため》に、出来ることをしてあげたい。

と、そんな願いを込めて心の中で呟《つぶや》くのだった。

この感情が、まだ誰に伝わるわけでないとしても。

「そう、ですよね……。分かりました。私はイフくんを説得してみせます。たとえ、この命を懸けてでも……」

──やがて小さな勇者の背中は、ダンジョンへと消えていく。

言葉にしないと伝わらない。まったく、その通りだと思った。

呆《あき》れるような、恨みごとでも言ってやりたいような、そんな気持ちが心の奥底で暴れ回っていた。

◇

巨大迷宮のようなダンジョンを奥へと進むこと数十分。

俺たちは明らかに異質な雰囲気の、とある大部屋に到達していた。

「……って、行き止まりじゃねぇか」

「あれー？　おかしいですねー……？」

不思議そうに首を傾《かし》げるイデア。

ここまでイデアの直感を頼り、多くの罠《わな》を回避しながら順調に進んで来たものの、初めてハズレっぽい雰囲気の部屋に直面したのだった。

「まあでも、私の直感も百発百中じゃありませんから、そういうことだってありますよ」

「うーん、そういうもんか……」

「はい、そういうものです」

言われてみれば、カジノのときだってすべての直感が当たっていたわけじゃなかったもんな。なら、仕方ないのか。

「ここまでトラップを回避しながら進んだだけでも、十分過ぎる成果だと私は思うけどね」

「まだ時間もありそうだし、さっさと道を戻るにゃ」

アクロアの言う通り、まだ毒によるタイムリミットまで余裕はありそうだった。

ちょっとした倦怠感《けんたい》や息苦しさは感じるが、まだ命に関わるほどのダメージではない。

「ね、ねえ……。なんか、この部屋おかしくない……？　そこに古龍の死骸があるんだけど……」

不意に、部屋を見回していたクララが指をさして言った。

一〇〇メートル四方以上はありそうな部屋の片隅に、それが転がっている。

とはいえ、まさかこれがボスというわけじゃないだろう。大きさも、やや小さめだ。

「古龍の死骸、ですか……」

「死んでるならどうでもいいにゃ」

「いや、確かにおかしいな。これ、白骨化してないし、割と最近のものっぽいぞ……」

俺は部屋の端に放置されていたそれに近づきつつ、じっくり眺めて確認する。

やはり、大きさは昨日のスターヴ・ワイバーンと同じくらいで、人族くらいのサイズだ。

さらに近づいて観察するが、外傷もなければ腐敗臭も僅かにしか感じられない。

一瞬、眠っているだけなのかとも思ったが、それにしては体勢が不自然というか……死んだことを確認された後、誰かに移動させられたような雑な扱い方を感じる。

「たぶん、勇者ゲームの運営委員が管理していたんだろうね。ここは王国の作った人工ダンジョンらしいし、きっと別個体のボスが居るんじゃないかな」

「管理……？　スターヴ・ワイバーンを？」

「風の噂《うわさ》では、ライビア王国には優秀なテイマー部隊が居るらしいよ。古龍は希少なモンスターだけど、王国が養殖させているなら予備の個体が居ても不思議じゃない。なんで死んでいるのかは謎だけどね」

「じゃあ、何にせよ古龍とは戦わないといけないわけよね……」

がっくりと肩を落とすクララ。

まあ、そう都合のいい話があるはずもないだろう。

……いや、でもな。

アリウスの説明には筋が通っているが、それにしては妙な違和感もあった。

昨日のスターヴ・ワイバーンの存在も相まって、王国が古龍を繁殖させていることはまず間違いないだろう。まさか、こんな希少なモンスターをいちいち探して捕獲しているわけないだろうし。

だが、スターヴ・ワイバーンだって古龍と呼ばれるくらいには、大昔から存在している長寿で生命力の強いモンスターのはずだ。勇者ゲームの為に繁殖させているのは分かるが、増え過ぎれば昨日のように王国の危機に繋《つな》がりかねない危険な存在でもある。

それ程までに脅威的な力を持つモンスターを、王国の運営委員や騎士団ごときが管理できるとは思えなかった。

「だったら、この死骸は誰が……」

そう、俺は小さく呟く。

誰かに聞かせようと思ったわけじゃない。ただ何気なく口から言葉が出ていただけだ。

しかし、偶然にもそれを耳にしていたらしいイデアが、俺に向かって返事をしてくる。

「過剰に繁殖して運営に間引きされちゃった、とかですかね……？」

それを聞いて、ふとパズルのピースが嵌《はま》るような感覚を覚える。

なるほど、そういうことならあり得るのか……

「……やっぱ、イデアの直感は冴えてるみたいだな」

「え、師匠……？」

「先を急ぐぞ、イデア。サードゲーム攻略の糸口が見えた」

過程はどうであれ、イデアの勘は正しかったようだな。

俺にとって、ここはハズレ部屋なんかじゃない。

サードゲームそのものとダンジョン攻略を同時に行える策は、この部屋の光景を見なければ思いつかなかっただろうから。

「ん、もう行くにゃ？」

「どうせ行き止まりの部屋だ。長居して時間を無駄にすることもないだろ」

アクロアに問われながら、俺は来たばかりの部屋の出入り口に向かって歩き出す。

すると、古龍の死骸を眺めていたクララやアリウスたちも、自然と俺たちの周囲に集まってきた。

「お兄さんには悪いけど、さっさとボスの古龍を討伐して、このままシューラ・アイドラを脱落させたいところね」

「……悪いなんてことはねぇよ。俺だって勇者ゲームを続けていれば、いつかはシューラと相対するときが来る。それがサードゲームになるだけのことだ」

大部屋を出て通路を淡々と歩き進めながら、俺は吐き捨てるようにして言った。

すると、クララは俺を一瞥《いちべつ》してから「ふーん」と素っ気なく呟く。

「キミは随分と達観しているようだね……。正直、恐れ入ったよ」

「こんなやつ、ただ薄情なだけだにゃー」

実際、アクロアの言う通りだろう。俺はただ実の妹を殺そうとしているだけ。薄情で冷徹で最低なクズだ。

「えっと……っ、次はあっちな気がします！　どんどん行きましょう！」

俺に気でも使っているのか、イデアは努めて明るい声で言い放つ。

イデアに心配されてるようじゃ、俺もまだまだだな……

しかしまあ、なんであれ俺は最愛の家族を信じるだけだ。

きっと、俺の意図にも気づいてくれるはず。ここが決戦の舞台になることだろう。

「なあ、イデア。ボス部屋まであとどれくらいか分かるか？」

「さすがに正確なところまでは分かりませんが、ここまで結構長かったですし、そろそろ到着してもいい頃合いかと……、あっ……！」

「ん、どうした？」

素っ頓狂な声を上げるイデアに、俺はその表情を覗《のぞ》き込《こ》みながら問うた。

すると、「ふふん」と自慢げな顔をして進行方向を指さす。

「あれ、きっとボス部屋ですっ！」

「ま、マジか……！」

イデアの示すそれを見ると、確かに今までとは明らかに雰囲気の違う扉があった。

というか、そもそも今までの小部屋には扉というものがなかった。

近づいて確認してみると、扉には荘厳《そうごん》な装飾が施されており、覗き穴のようなスリットがいくつも空いている。

部屋の外から中の様子が分かるよう、意図的に作られたものだろう。まあ、運営委員が古龍を管理しているのならば、これくらいの措置は当然か。部屋に入った瞬間、王国のテイマーが食われでもしたら目も当てられないからな。

「てか、あの古龍、大き過ぎない……？　昨日のやつの二倍以上はあるわよ……！」

「昨日の個体は幼体だとメルク皇女が言っていたし、あれは成体のサイズなんだろうね」

「なんでもいいから、ぶっ殺すにゃ！　にゃははは っ！」

三者三様の反応を見せる少女たち。

しかし、彼女らの目的は同じだし、やることも変わらない。

ダンジョンボスの古龍――スターヴ・ワイバーンを討伐して、解毒《げどく》剤を入手する。

ただ、それだけのこと。

「時間もない。五人で同時に仕掛けよう」

「どうするんですか、師匠？」

「まだスターヴ・ワイバーンはこっちに気づいてない。俺が扉を開けたら、速攻で仕留めに行く。先手必勝だ」

「……なるほど、単純明快ですね！　やりましょう！」

イデアが頷《うなず》きを返すと、他の少女たちも一様に返事をした。

さて、ここが正念場だな。

ミスをすれば、殺されるのは俺の方だ。慎重、且《か》つ大胆に事を運ぶ必要がある。

俺は一度深呼吸をしてからボス部屋の扉に手を掛け、その腕に力を込めた。

「行くぞ……ッ！」

重い金属の扉が静かに開いていくと、勇者候補生たちが一斉にスターヴ・ワイバーンを目掛けて走り出す。

そんな三人の少女たちの背中を視界に捉えながら、俺は次の一手を思索していた――

◇

ダンジョンの中は不気味なくらい静かで、聞こえてくるのは自分の足音と腰に下げた異質な剣がカチャカチャと鳴る音だけだった。

「イフくん、急いで追いかけないと……！」

出遅れてしまった時間を取り戻すように、大急ぎでダンジョンを駆け抜ける。

彼らが今どこに居るのかは分からなかったが、かなり深部まで行ってしまったのは間違いないだろう。

ひたすらに通路を駆けていると、既に動作済みのトラップや真新しい足跡が散見された。

いくつか引っ掛からなかったトラップもあるようで、なりふり構わず走っているとそれが襲い掛かってくることもあった。

——今、この時のように。

踏んだタイルが僅かに沈み、スイッチを押し込んだような感覚のあと、風を切るような音が襲来してくる。気づくと、放たれた弓矢が目の前にあった。

「…………ッ！」

咄嗟《とっさ》に腰から一本のロングソードを抜き、的確に切り払ってそれをいなす。

この周辺にもイフくんたちの痕跡はあるものの、どういうわけか作動していないトラップも多く見られる。よほど器用に避けてきたらしい。案外、優秀なパーティのようだ。

もしかしたら、既に彼らはボス部屋で古龍と一戦交えている可能性だってある。

手遅れになっていなければいいが……

と、そんな不安が脳裏を過《よぎ》ったのだった。

しかし、ダンジョンはこの大迷宮だ。まだ古龍を討伐しきれていないどころか、ボス部屋に辿《たど》り着《つ》いていない可能性も十分に考えられる。

急ぎ過ぎた結果、一人で古龍とエンカウントしてしまうなんてこともあり得るだろう。

しかしまあ、それはそれで問題ないとも考えている。

たとえ一人であっても、自分の実力を考えれば古龍ごとき今さら敵ではない。勇者として、それだけの自信はあった。

そんなことよりも、今はイフくんとしっかり話をしたい。

焦燥感に駆り立てられ、地面を叩《たた》く足に力が入る。

この閉鎖的な空間は、彼と二人きりで話をする絶好のチャンスだった。その為《ため》に、サードゲームでは彼と同じ組み合わせにしてもらえるよう、メルク皇女に頼み込んだのだ。

だから、この機会を無駄にするわけにはいかない。

「イフくん……ッ！　直《す》ぐに行くから……！」

そう小さく呟《つぶや》きながら、彼の元へと急ぐ。

やがてダンジョン最奥《さいおう》を目指して暫《しばら》くすると、遠くの方からモンスターの咆哮《ほうこう》らしきものが聞こえてきた。

速まる鼓動を感じながら、その音のした方へと足を向ける。

イフくんとの再会は、きっともう直ぐに違いない。そんな、確かな予感があった。

◇

人工ダンジョン最奥、ボス部屋。

目の前に立ちはだかるのは、人の二倍……いや、三倍はあろうかという巨大な古龍だ。

【グガガガガアアアアアア、アアアアアア、アアアアアアアア‼‼】

その翼を翻《ひるがえ》し、空中から一気にこちら目掛けて旋回。

大顎から伸びた牙が、獲物を喰《く》い殺そうと俺の目の前に突きつけられる。

「くっ……！」

地面を無様に転がりながらも、なんとか回避行動を取り、それを掻《か》い潜《くぐ》る。

あの顎に捉えられれば最後、絶対に生きて脱出することは出来ないだろう。そんな死の予感が俺の背中を冷たく撫《な》でた。

結局のところ、俺たちの奇襲作戦は敢え無く失敗。

古龍の索敵能力は俺たちの予想を遥《はる》かに上回り、こうして真正面からスターヴ・ワイバーンと対峙《たいじ》することになったのだった。

「俺がサポートに回る……ッ！　お前らで攻撃しろ‼‼」

「分かったわ！　ゴーレム、行きなさい！」

クララが叫ぶと、出現した土人形がスターヴ・ワイバーンに接近し、その巨体を押さえ込むべく飛び掛かる。

あのゴーレム……、昨日の個体とは別物みたいだな。古龍ほどでないにしろ、かなりのサイズ感がある。ただし、操れるのはあの一体が限界のようだ。

そんな観察をしながら、俺は魔道具の瓶から大量の水を放出して駆け回り、辺り一面を濡《ぬ》らしていく。

タイミングを見てこの範囲を一瞬で凍らせれば、ここに踏み込んだ足を地面に固定することが可能なはずだ。

「にゃはは、にゃははははっ‼‼　ぶっ殺すにゃ‼‼」

獣耳《けもみみ》を生やしたアクロアが、ゴーレムと対峙しているスターヴ・ワイバーンに肉薄。

ナイフを突き立てて、古龍の身体《からだ》を分厚い鱗《うろこ》ごと切り裂いていく。

【グガアアアアアアアアッッッ!!!!】

悲鳴を上げるスターヴ・ワイバーンだったが、まだ致命傷には程遠い。せいぜい引っ掻き傷が出来た程度だ。

「つらぁあああああああああッ!!!!」

そこに駆け寄って来たアリウスが、正拳突きの一撃を喰らわせる。

が、やはりそれもまた多少のダメージを与える程度だった。

昨日のようにアリウスの大技で仕留められれば楽なのだろうが、こいつ相手には隙があまりにも大き過ぎる。

スターヴ・ワイバーンは目障《めざわ》りそうにしながら、周囲の邪魔を尻尾で軽く蹴散らした。

そして、再び空中へとその身を投じるのだった。

「ど、どうしましょう、師匠……?」

気づけば、情けなく焦《あせ》ったようなイデアが俺の隣に佇《たたず》んでいた。

「そうだな……、イデアは俺が指示するまで待機だ。……まあでも、よく見ておけ」

「え……は、はい……」

きょとんとした表情をイデアに向けられたが、俺は構わずその場を離れてクララの元へと移動した。

そして、端的に言葉を掛ける。

「あれに致命傷を負わせるなら、頭部を破壊するのが手っ取り早そうだ。どうにか出来るか？」

「随分と簡単に言ってくれるわね……。ま、私とゴーレムなら可能だけど」

「そうか。なら、任せたぞ」

「はいはい……ッ」

言いながら、クララはゴーレムに指示を出し、スターヴ・ワイバーンが低空飛行に切り替わった瞬間を見計らって組み付かせる。

そんな光景を確認して、クララは片手剣を構えながら地面を蹴った。

俺もその直ぐ後に続き、スターヴ・ワイバーンとの距離を詰めていく。

「ゴーレムが古龍を組み伏せている間に、目を狙うわ！　視覚を奪えばさすがに古龍といえども――え……？」

クララがゴーレムを踏み台にして跳躍。

スターヴ・ワイバーンの目先に近づいた、その瞬間のことだった。

……ゴーレムが完全に動きを止め、スターヴ・ワイバーンが自由の身となったのは。

【グガアァ‼‼】

「────────」

飢えた飛竜は、接近する少女の身体を喰らった。

大顎から血液が飛び散り、彼女の即死を明瞭に伝えてくる。

赤く濡れた牙が、楯突《たてつ》く者を嘲笑《あざわら》うかのように血肉を貪っていく。

クララ・クラエルは死んだ。

もう魔力反応のない土人形には興味を失《な》くしたのか、それともその食事が余程嬉《うれ》しかったのか、スターヴ・ワイバーンがゴーレムを見ることはなかった。

だからだろうか。

彼女はあまりにも軽率で、誤った行動に出てしまったのだった。

「ここで仕留めるにゃ……ッ！」

隙だらけのスターヴ・ワイバーンを目掛けて、アクロアが一気に距離を詰めていく。

幅の広いナイフを両手に持ち、それを真っ直ぐに突き立てた。

だがしかし、そのナイフは……いや、身体そのものが標的に届くことはなかった。

地面に足を取られるようにして、アクロアは転倒してしまう。

「んにゃ⁉　ど、どうなってやが──ぁ……」

【ガァアアウッ‼‼】

古龍の大顎が、アクロアの身体を一瞬にして食い千切った。

その口元から跳ねた赤い肉片が、俺の身体に当たって彼女の体温を伝えてくる。

これで、もう二人が……。

確かめるまでもなく、アクロアは目の前で絶命していた。

あまりにも、呆気《あっけ》なく……。

「この……ッ！　よくもぉおおおおおおッッッ‼‼」

「ま、待ってください……！」

錯乱した様子のアリウスがこちらに駆け寄ってくる。しかし、その半ばでイデアがアリウスの身体を引っ張って静止を促した。

そんな二人の姿を見て、死肉を喰らうスターヴ・ワイバーンから距離を取り、俺はイデアの元へと急ぐ。

「し、師匠……！　これは、とてもヤバいんじゃないでしょうか……ッ⁉」

「んなこと、言われるまでもねぇよ」

ただ、それだけの会話も束《つか》の間《ま》。

大きく咆哮を上げたスターヴ・ワイバーンが、俺たちの方に視線を向けてきた。

まだ渇きと飢えは満たされなかったみたいだな……。だからこそ、飢えた飛竜か。

「イフ・アイドラ、キミは……」

「いいから、さっさと散開するぞ……！」

アリウスの言葉を遮り、俺は彼女の背中を押した。

一方で、イデアは俺の言葉を待たずに、さっさと迫り来るスターヴ・ワイバーンから距離を取っていた。ったく、逃げ足の速いやつだ……

【ガアアアアア、グガアガガガガァアアア、アアアアア、アアアアア！！！】

だが、やはり悠長なことをしている余裕はない。

俺も即座に地面を蹴って、スターヴ・ワイバーンの進行方向から逸《そ》れるように十分な間合いを取っていく。

しかし、アリウスがその場を動くことはなかった。

……いや、動けなかったのだ。

「な……なんで……、どうして……早く、逃げないと……！」

虚《うつ》ろな瞳で、徐々に近づいて来る竜の姿を視界に収めるアリウス。

一瞬、助けを求めるような瞳が俺の視線と交差するが、もはや手遅れだ。

やがて、スターヴ・ワイバーンの底知れぬ食欲がアリウスを襲った。

「うがッ――――」

短い悲鳴が飲み込まれ、その場に赤い血溜《ちだ》まりが形成される。

それはパーティの三人目が死んだことを、はっきりと物語っていた。

そう、もう三人が死んだのだ。

残るは俺とイデアの、たった二人だけ……

この限られた戦力だけで、スターヴ・ワイバーンを討伐しなければならない。

しかし、幸いにもスターヴ・ワイバーンの動きはやや鈍くなっているように見える。それも、他の勇者候補たちが古龍に十分なダメージを与えていてくれたお陰だ。

「師匠……ッ⁉　ど、どうするんですか⁉」

少し離れた場所から、悲鳴にも似たイデアの声が響いてくる。

「どうするも何も、俺たち二人でスターヴ・ワイバーンを殺す。それしかねぇだろ……！」

「で、ですよね……」

気休めでも言ってほしかったのか、しょぼくれたような態度のイデアだった。

そんなやり取りをしている間にも、アリウスの死肉を平らげたスターヴ・ワイバーンは翼を広げて空中へ飛翔《ひしょう》。

次なる獲物を求めて、俺とイデアに視線を送ってくるのだった。

「出番だ、イデア！　そっちに引き付けてくれ！」

「は、はいっ！　こっちですよー！」

その呼びかけに意味があるのかは分からないが、イデアが大きく動いたことでスターヴ・ワイバーンのターゲットがそちらに移る。

天井ギリギリでその身を旋回させながら、ダイブするようにイデアに向けて突っ込んでいった。

当然、ワイバーンの巨体よりも小柄なイデアの方が機動性と俊敏性に優れている。それに加えて、イデアには持ち前の直感もあった。相手が如何《いか》に一撃必殺の力を持っていようが、当たらなければ意味はない。

【グガアアアアアアアアアアッ‼‼】

「っと……！」

スターヴ・ワイバーンの攻撃を引き付けながら、的確なタイミングで躱《かわ》すイデア。

反則じみた直感による回避は、もはや大道芸の域だ。

これで少しでも戦闘能力があれば……とも思うが、ないものねだりをしても仕方ない。

スターヴ・ワイバーンの旋回は、イデアを強襲することで地面擦《す》れ擦《す》れまでの低空飛行に切り替わる。

その瞬間を見て駆け抜け、俺は古龍の身体《からだ》に手を伸ばしてその背中へと飛び乗った。

【ガアアアアア！　グアアアアアッ‼‼】

すると古龍が一気に空中を上昇しながら、宙を舞って暴れ始める。俺を振り落とそうとしている様子だった。

「させるかよ……ッ！」

悪いが、堕《お》ちるときは一緒だ。

ホルダーから咄嗟《とっさ》に瓶を取り出し、内部の圧縮された水を古龍の片翼に向けて放出。そのまま、俺のスキルで凍結させる。

翼が固まって飛行性能を失ったことで、スターヴ・ワイバーンは地面に向かって落下していった。

【クワァァアアアアアア、アアアアアアアアア、アアアアアアアアアアアッッッ⁉】

墜落の衝撃が全身に走り、その轟音《ごうおん》と共に周囲で砂埃《すなぼこり》を巻き上げる。

悲鳴のような咆哮《ほうこう》が部屋中に響き渡った。

おそらく、これでもうワイバーンは空中を飛ぶことが出来ない。そうなれば、こっちにも打つ手が出てくる。この勝機を逃す手はない……！

「げほっ、げほっ……！　い、イデア！　そこに居るか……？」

砂埃を払いながら、俺は近くに居るはずのイデアに声を掛けた。

すると、返事は直《す》ぐに返ってきた。

「師匠！　私なら、ここに！」

意外と近いな。この距離なら十分か……

「急いでワイバーンの額に剣をぶっ刺せ！　こいつが倒れている今のうちに！」

「で、でも、私の力じゃ古龍の鱗《うろこ》を貫通させるだけの威力なんて……」

「いいからやれ！　最悪、剣を突き立てるだけでもいい！」

「わ、分かりました！　やってみます……っ！」

そう言うと、イデアは片手剣を抜きながらスターヴ・ワイバーンに向かって一直線に駆け抜ける。

古龍もその気配を察してか、体勢を立て直しながら鞭《むち》のような尻尾を繰り出すが、当たり前のようにイデアの身体を掠《かす》ることすら出来ない。

「やぁあああああッ‼‼」

直後、完全に体勢を立て直される前に、イデアは片手剣をスターヴ・ワイバーンの額に押し込んだ。

しかし……いや、やはりというべきか、その剣は硬い鱗に阻《はば》まれ、浅く突き刺さるだけだった。

【グワアアアアァ‼‼　アアアアアアッ‼‼】

咄嗟に剣から手を離したイデアは、スターヴ・ワイバーンからの追撃を避けながらバックステップで後退。情けない声を出しながら、俺の隣まで戻って来た。

「す、すみません師匠……、やっぱり無理でしたぁ～！」

「いいや、十分だ。もう下がってろ。あとは俺がやる」

「え……？」

イデアの驚く声を置き去りにして、俺は再びユニークスキルを発動させながら駆ける。

氷の剣では強度が不安だったが、イデアの残した片手剣が楔《くさび》の役割を果たしてくれるのであれば、貫通力を気にしなくてもいい。

イメージして形作るのは剣ではなく、それを深く打ち込む為《ため》の大槌《おおづち》だ。

走る勢いに任せて、俺は氷のハンマーを顕現させ、スターヴ・ワイバーンに突き立てられた片手剣の柄頭《つかがしら》を思い切り殴りつける。

「うらぁっ‼‼」

確かな手応えが両手に伝わってくる。剣の柄頭との接触点から氷にヒビが入り、ハンマーが砕け散った。だが、それでも威力は十分だ。

【ガァアアアアアアアアアアアアアアアアアアアアアア――――ッ!!!!】

頭蓋を割るように脳天を打ち抜かれた古龍は、最後に大きな咆哮を上げて身体を倒す。

崩れ落ちるように巨体が地面に叩《たた》きつけられ、何度か身体を痙攣《けいれん》させると、やがてぴくりとも動かなくなった。

これで、くたばった、のか……？

「ふぅー……」

あまり実感が湧かないまま、俺は深く息を吐いてその場に尻餅を突く。

殺せたのか、あの古龍を……

しかしまあ、多くの犠牲を出してしまったが、ある意味これも想定内だ。

きっと、今の俺じゃ犠牲を出さずして討伐するのは不可能だったことだろう。

「すごいです、師匠！　古龍を討伐しちゃうなんて！」

飛び跳ねるように軽い足取りで駆け付けてくるイデア。

振り返ってみれば、なんだかんだこいつも役に立ったな。単騎でスターヴ・ワイバーンに挑んでいたら、今頃どうなっていたことやら。

「まあ、かなりギリギリの戦いだったな……。毒のせいで、もう視界もブレてるし……」

身体の気怠《けだる》さや、脳の奥に響くような鈍痛が酷《ひど》く不快感を訴えていた。

何にせよ、タイムリミットが来るまでに古龍を討伐できたのは僥倖《ぎょうこう》だ。もし、さらに毒が身体を蝕《むしば》んでいたら、結果は変わっていたかもしれない。

傍《そば》で倒れている古龍を一瞥《いちべつ》しながら、俺はそんなことを感じていた。

……しかし、どこか違和感を覚える俺。

毒が回って視界がぼやけているせいか、やけにスターヴ・ワイバーンとの距離が近いように感じられた。いや、それどころか、あの強靱《きょうじん》な大顎が直ぐそこに迫って――

「……やべぇ」

「し、師匠ッ‼‼」

気づけば、疲れて座り込む俺を挟み込むようにして、獲物を狩る牙が接近していた。

こいつ、まだ生きてやがったのか……ッ⁉

瞬間、視界がスローモーションに流れる。

急遽《きゅうきょ》その場から抜け出そうと試みるが、油断して力を抜いていたことで上手《うま》く身体が動かなかった。

ヤバい……。こりゃ手足の一本くらいは持っていかれるかもしれねぇ……

瞬時にそんな覚悟を決めるが、襲ってきた衝撃は予想とは異なる感覚だった。

【────ツッツ】


鋭い衝撃波が、一瞬で古龍の首を刈り取る。

声を上げる暇すらなく、スターヴ・ワイバーンは間違いなく絶命した。

切り裂かれた鱗と肉から鮮血が溢《あふ》れ返《かえ》り、俺の顔をべしゃりと生温かく濡《ぬ》らす。

突然のことに、思考が追い付かなかった。今いったい何が起こったんだ……？

すると、答え合わせをするように、その少女の声が聞こえてきたのだった。

「間に合いましたね、イフくん」

「シューラ、か……」

そこには聖剣を携えて佇《たたず》むシューラの姿があった。

その光景に妙な既視感を覚える。こうしてシューラに助けられるのも、もう三度目だな。

どうせ追い付いてくるという確信はあったが、俺にとって最良のタイミングで到着してくれたようだ。

「これ、もしかしてイフくんがやったのですか……？」

シューラは古龍の死骸に視線を向けながら言った。

「首を落としたのはお前だろ」

「私が倒したのは死にかけの古龍ですよ。あそこまで追いつめたのは、イフくんの実力でしょう」

「べつに俺だけの力ってわけじゃない。イデアの協力もあったし、他の三人だって——」

と言いかけ、言葉に詰まる。

そんな俺を見て、シューラは不思議そうに辺りを見渡しながら疑問を口にした。

「そういえば、他の三人はどこに居るのですか？」

「………………」

「……イフ、くん？　急に黙ったりして、どうし——」

「見てください、二人とも！　あっちの宝箱に、解毒剤《げどく》ありましたよー！」

シューラの言葉を遮り、五本の薬瓶を手にしながら駆け寄ってくるイデア。

あいつ、いつの間にか解毒剤を探しに行ってたんだな……。

中には空の薬瓶が一本あったが、それは既に自分自身で使用したようだった。

安堵《あんど》した表情のイデアが走って来るのを眺めながら、俺はシューラに問いを投げる。

「あの古龍、妙に動きが鈍かったと思わないか？」

「え……、まあ、そうですね……。でも、それはイフくんが瀕死《ひんし》にまで追い込んだからですよね？」

「それもあるだろうが、あれは毒のバッドステータスのせいだ。あの巨体といえど、俺たちの〝三倍〟もの毒が体内に入れば、あれだけ動きを鈍らせることが出来る」

「さ、三倍の毒……？　でも、そんな毒なんてどこに……？」

首を傾《かし》げるシューラに、俺は簡潔な答えを返した。

「アリウス、アクロア、クララ……あいつらを古龍に喰《く》わせた。もちろん、意図的だ。わざとあいつらの足を引っ張って、スターヴ・ワイバーンに襲わせた。そうすれば、間接的に毒を盛ることが出来るだろ」

「────────ッ！」

咄嗟に、シューラが表情を強張《こわば》らせる。

それは行き止まりの大部屋で、スターヴ・ワイバーンの死骸を見て思ったことだ。

運営委員や騎士団ごときが、どうやって古龍を管理していたのか？　幼体とはいえ、殺して間引きするのはかなり難易度が高い。

であれば、簡単に殺処分する方法が何かあるはず……

考えるまでもないが、間違いなく毒殺であろう。餌に毒を混ぜれば、古龍なんて誰にでも殺せる。俺はそれと同じことをやったに過ぎない。

「こ、殺したんですか……？　イフくんが、あの三人を……っ⁉」

「まあ、そうだな。直接的でないにせよ、あいつらは俺が殺したようなもんだ。お陰でスターヴ・ワイバーンの動きはかなり鈍っていたと思う」

もしルールなどなければ、古龍が毒で死ぬまで待っていたところだが、サードゲームでは仕様上、俺にも毒によるタイムリミットが存在していた。

こっちが先に命を落としては本末転倒だ。だから、毒で弱ったスターヴ・ワイバーンを自ら殺しに行く必要があった。

「そ、そんな……⁉　どうして、ですか……っ⁉　どうしてイフくんが、そんな残虐なことを……ッ⁉」

声を震わせ、何かの間違いだと問《と》い質《ただ》すシューラ。

それでも、俺はシューラの望む言葉を紡《つむ》ぐことは出来ない。

「これが一番、冴《さ》えたやり方だった。あいつらの犠牲がなければ、きっとパーティは全滅していた。それくらいの強敵だったんだよ……」

「で、でも……、そんなの間違っていますッ！　他に一人でも多く生き残れる可能性はあったはずです‼　それなのに、どうしてそんなことをしたのですか……ッ‼」

「最後まで生き残って、俺が勇者になる為。ただ、それだけだ」

吐き捨てるように言った。

このサードゲームは、誰かが必ず犠牲になるルールだ。

だから、俺は合理的な殺しを――いや、違うな。

俺は何を考えていたんだろう。少しだけ、自分自身が分からなくなってきた。

すると、シューラが叫ぶ。

「そんなの、絶対におかしいです……ッ！　やっぱりイフくんは間違ってますッ‼‼」

必死に訴えかけるシューラだった。

でも、今さらだ……

今さら「はい、分かりました」なんて都合の良《い》いことは死んでも言えない。

だから、俺は意を決する。

「そうだな……。そうだ、間違っているのは俺なんだ。シューラとは、ここで決着を付けないといけないんだよ……ッ！」

「い、イフ、くん……？」

やや困惑したようにシューラが俺の顔を覗《のぞ》き込《こ》んでくる。だが、俺は構わずに自分のやるべきことを続けた。

「……イデア、それ貸してくれ」

「解毒剤、ですか……？」

気まずそうに一部始終を眺めていたイデアの腕から、俺は残りの解毒剤が入った三本の薬瓶を手に取った。

　――そして、それを地面に叩きつけて割る。

「い、イフくん……⁉」

「師匠⁉　何してるんですか⁉」

　俺の奇行とも思える行動に、目を丸くする二人。だが、これでいい。

　背水の陣の完成だ。

　俺はもう逃げられない。後戻りは出来なくなった。

「これで、残りの解毒剤は一本だけだ。俺かお前か、どちらか一方しか生き残れない状況になった。ここで決着を付けるぞ、シューラ……ッ！」

　俺は氷の剣を顕現させ、その切っ先をシューラの目の前に向ける。

「本気、なのですか……？　イフくん……」

「まあな。いつか敵対しなきゃいけないのは、分かってたことだろ」

　戻るべき道はなくなった。

　あとは進むだけだ。どんな犠牲を払ってでも……ッ！

「イデアは下がってろ。邪魔すんなよ」

「は、はい……」

イデアが後退したのを見計らった刹那、俺は氷の剣をシューラに向けて薙《な》ぐ。

正真正銘、本気の殺意を乗せてシューラに切り掛かったが、あいつも黙って殺される気はないらしく、咄嗟《とっさ》に聖剣でそれを受けた。

「正気ですか、イフくん！　兄妹《きょうだい》で殺し合いなんて……！」

「狂気の沙汰だろうな……ッ！　こんなこと……ッ!!!!」

細かく剣を繰り出し、シューラの動きを牽制《けんせい》しつつ距離を取る。やること自体はスターヴ・ワイバーンのときと同じだ。

自由を奪い、その隙を突いて殺す。

俺は視線を落とし、足元で割った解毒剤の液体をシューラが踏んでいるのを確認。ユニークスキルでそれを凍らせるべく、即座に自分の足から魔力を伝わせる。

だが、しかし……

「どうやら魔力切れのようですね、イフくん」

軽やかに地面を蹴り、半端《はんぱ》な凍結による拘束から逃れるシューラ。

やはり、一日に六回以上のスキル行使は厳しいようだった。

狙いが外れ、シューラとの距離を取ったことが仇《あだ》となり、聖剣の斬撃による衝撃波で一方的な攻撃を受ける。

「クソ……ッ！」

同じ勇者候補であっても、相手は伝説の聖剣に選ばれし者だ。正直、兄としては情けないが、兄妹喧嘩《きょうだいげんか》で妹に勝てるイメージは見えなかった。

やがて手数で押し切られ、俺の持つハリボテの剣は簡単に砕け散る。

衝撃波を受け流すことが出来なくなり、俺は鎧《よろい》を裂かれながら後方に吹っ飛ばされた。

「がはッ……!?」

着地時、背中に当たったのは、切断されたスターヴ・ワイバーンの頭部だ。

びしゃりと血が跳ね、俺のものともつかない赫《あか》が全身を染め上げた。

怪我《けが》と毒のダメージと……、原因を考えればいくつでも浮かぶが、次第に視界が霞《かす》んで焦点が大きくブレる。

そんな視線の先に、つかつかと足音を鳴らしながら近づくシューラの姿が見えた。

そして、聖剣の切っ先を俺に向ける。

「これで分かりましたよね。今のイフくんでは、私には勝てません。……だから、もうやめましょう。二人で、一緒に生き残る方法を――」

「いいや、勝つのは俺だ……。確信だってある」

シューラの言葉を無視して、俺は無様ながらに立ち上がる。

さっきので完全に魔力は使い果たしていた。

だから、もう攻撃手段も残されていない……

俺はスターヴ・ワイバーンの頭部に足をかけ、そこから柄《つか》の潰れたイデアの片手剣を無理やりに引き抜く。

その頼りないブロードソードの剣先を、俺は真《ま》っ直《す》ぐシューラに向けた。

「これは兄妹喧嘩であっても、殺し合いだ。お前じゃ俺は殺せねぇよ……。お前は勇者で、俺の妹だからな……」

「イフくん……、そ、それは……」

圧倒的に有利な立場にあったはずのシューラは、気圧《けお》されながら一歩引き下がる。

シューラは悲しいくらいに〝旧世代の勇者〟だった。

我ながら、卑怯《ひきょう》なやり方だと思う。

俺は最低のクズだ。

クズ、クズクズクズクズクズクズ。

こんなやつが新世代の勇者として、王国から求められているのだから世も末だろう……

それに比べ、シューラは心優しい俺の自慢の妹だ。

だから、そんなシューラは俺を殺せない。

勇者としてのプライドが……いや、人間としての最低限の倫理が勇者を縛り付ける。

「道理で最強の勇者が、現代魔王に敵《かな》わないわけだ。……はは、皮肉なもんだな。道を外れたクズでないと、魔王を殺せる勇者になれないなんて……」

〈爆炎の勇者〉ブルム・スカーライトが魔王に敗れた理由。

それこそが、その情だ。

あの日、ブルムが俺を見捨てていれば、あるいは……

そんな意味を成さない〝もしも〟が、脳裏に浮かんでは消えていく。

「っ……」

片手剣を構えて狙いを定めると、シューラから小さく焦《あせ》りの声が漏れた。

たとえ、どれだけ聖剣に選ばれし勇者が強かろうと、シューラが俺にとどめを刺すことは出来ない。

俺は醜くも、それを利用した。

シューラの優しさに付け込んだ。

この戦いで死に得るのは、初めからシューラだけだったから……

「お別れだ、シューラ——ッ‼‼」

殺す。

俺の感情を。

そして、唯一の妹も。

瞬時に踏み込み、剣の刃を一気に押し込んだ。明らかに動揺した様子のシューラは動けない。その剣先は確実にシューラの喉元を――

「――――」

「な……ッ⁉」

シューラの首を貫くはずだった刃は弾《はじ》かれ、俺の前に突如として闖入者《ちんにゅうしゃ》が現れる。

誰だ、こいつ……？

いや、なんだ、〝これ〟は……⁉

目の前に現れたそれは、人の形をしていたが明らかに人族ではなかった。

足元まで伸びた美しい髪、サファイアのような瞳、透き通るような白い肌に、豪奢《ごうしゃ》な純白のドレスと底知れない気迫のオーラを纏《まと》った女性らしい何か。

その蒼《あお》く澄んだ鋭い瞳が、俺を睨《にら》みつけた。

瞬間、背筋に冷たいものが走る。

そして、それはせせら笑うようにしながら言った。

「実の妹を手に掛けようとは、とんだ愚兄が居たものだな」

シューラを守るようにして一歩下がり、物憂《ものう》げな表情と視線で一瞥《いちべつ》を投げる。

「カリバーン……。いえ、今はヴィヴィと呼ぶべきでしょうか……」

「どうでもいいことだ。だが、ここでシューラを失うわけにはいかない。お前の愚兄、私が代わりに殺してやる」

抑揚のない声音で言うと同時、カリバーンやヴィヴィと呼ばれた存在の周囲に幾つもの聖剣が顕現して浮遊する。

そいつが片手を俺に向けると、そのうちの一本がこちらに向かって飛ばされ――

「くぅ――……ッ！」

心臓を貫かれるギリギリで、それを片手剣で弾き返す。あ、あぶねぇ……。

見ると、ブロードソードの刃先は完全に折れていた。もし喰《く》らっていれば、即死は間違いなかっただろう……。

「今のを弾くか。さすが、シューラの愚兄だ」

「お褒めに与《あずか》り光栄だな、誰だか知らねぇけど……！」

「ふふ、私は……まあ、ヴィヴィと名乗っておくか。聖剣に宿る妖精や女神の類いだ。呼び名は世界によって変わる」

妖精……、神様か……

これはまた、随分と御大層な相手が出て来やがったものだ。

けどまあ、これは幸運だったかもしれねぇな。生憎《あいにく》と俺は偉そうなやつが軒並み嫌いだ。

そんなやつを合法的に潰せるのなら是非もない。

「ははは！　笑わせんなよ、神様。家族を殺した神なんて、神話の中に幾らでも居るだろうが……ッ！」

聖剣の女神に肉薄し、先の折れた片手剣を真横に薙ぐ。

が……

宙に浮いた無数の聖剣がそれを阻《はば》み、そのまま無機質で感情のない殺意の剣が何本も飛来してくる。

咄嗟に意識を守りに切り替えるが、一部の剣を弾き返すだけでも精一杯だった。

「やるな、シューラの愚兄。正直、私の想像以上だ」

涼しい顔で言い放つ女神。

神様のくせに、随分と皮肉が上手《うま》いじゃねぇか。

「こ、いつ……」

なんとか回避を試みるが、相手の手数が多過ぎる。すべての斬撃を捌《さば》くことを諦め、致命傷だけを避ける方向にシフトするが、それでも身体《からだ》はズタボロになっていく。

クソッ、まったく攻めに回れねぇ……。いや、このままじゃ防御すらままならなく――

「……愚兄。よく頑張ったが、お前もここまでのようだ」

「な……ッ⁉」

やがて真っ先に限界が来たのは、ここまで酷使していたブロードソードだった。

刀身が根元から折れ、完全に使い物にならなくなる。しかしまあ、何度も聖剣とぶつけていれば当然の帰結だろう。

唯一の防御手段を失ったことで、俺の首元には聖剣の切っ先がいとも容易《たやす》く突き付けられるのだった。

「さて、シューラの愚兄よ。最後に言い残すことがあれば、いちおう聞いてやるが？」

「はは……、神様ってのはホントに慈悲深いんだな。……んじゃ、俺の千夜に亘《わた》る物語でも聞いてもらおうか」

俺がウィットに富んだ命乞いをしてやると、女神は心底つまらなそうに溜息《ためいき》を吐《つ》いた。

そして、聖剣の一本を片手に持ち、ゆっくり俺に近づいて来る。

「もうよい。お前は死ね」

「ヴィヴィ！　ま、待ってください！　イフくんを殺すのは、ダメです……ッ！」

「何を言っているんだ。こいつは何度でもお前を利用し、同じ過《あやま》ちを繰り返す。ここで終わらせるべき悪だ」

「わ、私が必ず説得して改心させますから……っ！　ですから、私から兄を……、最後の家族を……奪わないで、ください……！」

慌てながら女神に駆け寄り、シューラは懇願する。

ああ、そうだ。それでいい。お前は、そういうやつだ。昔から優しいやつだった。

だから、俺は死なない。

殺されないんだ。

それでも……

願わくば、もし俺が殺されるのなら、こいつの心に憎悪《ぞうお》を生んでやりたい。

魔王を殺せるだけの憎悪を——

「悪いな、シューラ。私はお前の兄を善とは思えぬ。故に、ここで殺す」

聖剣の女神ヴィヴィが、カリバーンを振り上げた。

……俺もここまでか。

けどまあ、俺が死んで当然の、断罪されるべき存在であるのは間違いない。

勇者候補なんて名ばかりの、ただのクズ野郎だ。

刹那、走馬灯のように脳裏を駆け巡るのは、大切な家族と過ごした今までの時だった。

俺はただ、あの時間をもう一度……

いや、この願いが叶《かな》うことは、何にせよもうないだろうな。

「――イフくん‼‼」

少女の声が鼓膜を震わせる。

その瞬間、目の前で聖剣が振り下ろされた。

◇

目の前で、イフくんに向かって聖剣が振り下ろされる。

シューラの伸ばした手は、彼にはもう絶対に届かない。

何もかも遅過ぎた……

〝死〟がイフくんに近づいていく。

それは、あのときの光景に酷似していた。

フラッシュバックするのは、かつて魔族領で体験した争いの記憶。

魔族は人の感情を利用する。

同族を守らんとする勇者の心を、やつらは見抜いていた。

だから、その弱さに付け込まれる。

だから、勇者はいつだって不利を強いられる。
だから、〝僕は魔王に負けた〟。
女神の聖剣から、天を穿《うが》つような光の柱がイフくんに向かって降り注ぐ。
このままでは、きっと彼は死ぬ。
でも、そうはさせないよ……！
あのときと同じように、
魔王の一撃からイフくんを救ったときのように、〝僕〟が彼を守るんだ。
その為《ため》に、〝僕はずっとキミを見守っていた〟のだから。
そう、ずっと――

ファーストゲームが幕を閉じてから、数刻が経過していた。

「痛ったた……。容赦ないなぁ、イフくん……」

先ほどのゲームで彼に刺された傷痕を撫《な》でながら、王城の廊下を歩いていた。

この場所には初めて足を運んだが、勇者ゲームの管理棟だということは分かっている。

当然、誰に見られてもいいように変装して身なりは整えておいた。

自分の立場が、あまりにも他人と違うことは理解している。

ここまでしっかり変装していれば、他人に見られて騒がれるようなこともないだろう。

――勇者ゲームの運営委員として潜入しながら、僕はずっとイフくんを見守り、そしてメルク皇女の監視を続けていた。

しかし、今思えば少し迂闊《うかつ》だったかもしれない。復讐《ふくしゅう》の為とはいえ、変装用の制服を手に入れる為に運営委員たちを殺してしまったのは……

だが、派手に動いたことで、結果的に〝あるべき僕の死体〟が消えたことの興味は有耶《うや》無耶《むや》に出来たともいえる。だからこそ、セカンドゲームへの潜入も容易だった。

運営管理棟の廊下を足早に歩いていると、やはりゲームの運営委員たちが慌ただしく動いている様子が視界に入ってくる。

勇者ゲームが始まったことで忙しくなっているのだろうが、その風景は少しだけ異質に感じられた。

耳を澄ましてみれば、「運営委員の死体が見つかった」だの「死体が消えてなくなった」だのと物騒な声が聞こえてくる。

運営委員たちの間で、それが大きな事件となっているのは間違いないようだった。

「あの、セカンドゲーム担当の増員はどこへ向かえばいいですか？」

「それなら、資料に書いてある通りだ。こんな状況だが、スケジュール通りにゲームを始めるらしい」

「皇女殿下も無茶を言ってくれるよな、まったく……」

急な人手不足でどこも忙しいのだろう。誰もさしてこちらを気にするような素振りは見せなかった。


——それから、僕は他の運営委員に怪しまれることもなく、セカンドゲームでもイフくんの見守りを続けていた。

あれから森を進んでいくイフくんの姿を、遠目からこっそり眺めていた。

尾行しているのがバレたら、あとで何を言われるか分からなかったので、少しだけ。

——しかし、イフくんも運営委員を殺していたと知ったときは驚いた。だが、僕がメルク皇女と話をした際、彼女がシューラのことも疑っていたと知れたのは僥倖《ぎょうこう》だった。

「本当に良かったのですか？　死体にあった氷スキルの痕跡を公表しなくて……」

「ええ、構わないわ、無用な混乱を招くだけよ」

そんな会話が耳に入り、ふと足を止める。そして、透かさず問うた。

「今の話、本当なんですか？　氷スキルの痕跡って……！」

「あなた、まだ居たのね……」

「でも、くれぐれも忘れないことね。この際だから言っておくけれど、私はシューラが犯人である可能性を完全には捨てていないわ。それが、限りなくゼロに近かろうとも」

そんな厳しい視線がメルク皇女から向けられた。

「……そうですか」

「ま、あくまで可能性の話よ。もう行きなさい。きっと、あなたには関係ない話だもの」

――イフくんが運営委員を殺す予定なんて、計画にはなかった。だからこそ、僕はイフくんの真意を確かめる為の行動を始めた。彼と二人きりになる機会を窺《うかが》って。

不敬を承知で、メルク皇女の前に跪《ひざまず》き提言する。

「メルク皇女、お願いがあって参りました」

「はぁ、あなたもしつこいわね……」

「サードゲームではイフく……イフ・アイドラと同じパーティの組み合わせにして頂けないでしょうか。運営殺しの真相を確かめるチャンスを賜りたいのです」

――予定通り、僕はサードゲームでイフくんが割り振られたパーティの担当運営になった。しかしまあ、ちょっとしたイレギュラーもあったのだけれど……

静かな深い森の奥。

ぽっかり空いて開けた場所には、運営委員と勇者候補生が二人きり……

傍《はた》から見れば、きっと奇妙な光景だろう。そんなことを思った。

「キミはダンジョンに行かないの、ですか？」

「私は……いったい、どうすればいいのでしょうね……」

なんて、シューラは自嘲気味に言《い》い淀《よど》む。

急いでイフくんを追わないといけないのに。それは分かっているのだが、この状況がそれを許さなかった。

――本当はもっと早くイフくんとコンタクトを取るつもりだったけど、シューラにそれを邪魔されてしまった。いちおう、運営委員として怪しい行動を取るわけにはいかなかったから。

その後、出遅れた時間を取り戻す為に、僕は急いでダンジョンに潜った。

焦燥感に駆り立てられ、地面を叩《たた》く足に力が入る。

この閉鎖的な空間は、彼と二人きりで話をする絶好のチャンスだった。その為に、サードゲームでは彼と同じ組み合わせにしてもらえるよう、メルク皇女に頼み込んだのだ。

だから、この機会を無駄にするわけにはいかない。

「イフくん……ッ！　直《す》ぐに行くから……！」

そう小さく呟《つぶや》きながら、彼の元へと急ぐ。

やがてダンジョン最奥《さいおう》を目指して暫《しばら》くすると、遠くの方からモンスターの咆哮《ほうこう》らしきも

のが聞こえてきた。

速まる鼓動を感じながら、その音のした方へと足を向ける。

イフくんとの再会は、きっともう直ぐに違いない。そんな、確かな予感があった。

――そして、ついに僕はイフくんの姿を見つけた。

昔の神話で知った女神が、彼に向かって聖剣を振り下ろす直前の光景だった。

シューラが伸ばした手は、イフくんには届かない。

だとしても、僕の剣なら……

「――**イフくん!!!!**」

気づけば、僕は彼の名を呼んでいた。

そして、駆け出していた。

僕の大好きで、大切な唯一の家族を守る為に。

◇

その少女は、炎を纏《まと》った剣を大きく薙《な》ぐ。

気づけば、俺の目の前には見慣れた頼もしい後ろ姿があった。

直前まで迫っていた光の柱は霧散し、今は肌を焼く業火《ごうか》が周囲を包み込んでいる。

似合わない妙な伊達《だて》メガネや運営委員の制服であるローブなどの変装道具を捨て、彼女は後ろを振り返りながら自信満々に言い放つ。

「間に合ったね、イフくん！」

「ああ、そうだな。ブルムのお陰で、危うく死にかけただけで済んだよ……」

まるで悪戯《いたずら》にでも成功したような笑みを浮かべるブルムに、俺は皮肉を交えたお礼の返事をしてやった。これ以上ないくらいに冷や汗を流しながら。

「イフくん？ せっかく僕が助けてあげたのに、なんだか言葉に棘《とげ》がないかな～？」

「出てくるのが遅《おせ》ぇんだよ。うっかり、こっちも死を覚悟しちゃっただろ……」

「でも、それはキミが悪いでしょ。しっかり言葉にしないと、伝わらないんだから」

「そうか……？ 俺はブルムのことなら、だいたい何でも分かる気がするけどな」

同じ捻《ひね》くれ者として。

「む、むぅ……！ イフくんは直ぐそういうこと……」

ほんのり頬を染め、視線を泳がせるブルム。

うん、やっぱ気のせいだったみたいだな。ブルムが急に照れ出した意味が分からん。

そんな気の抜けたやり取りをしていると、分かりやすく動揺したシューラが声を震わせて問うた。

「え……!? な、なんで……〈爆炎の勇者〉が生きているのですか……!? あのとき、ファーストゲームでイフくんに殺されていたはずじゃ……!?」

ま、それもそうだな。シューラが混乱するのも無理はない。

ファーストゲームでの終盤、俺が氷の短剣でブルムの首を貫いていた場面は、誰もが目撃していたことだ。

あの時点で、ブルムが死んだと誤認するのが普通だろう。

「確かに、俺はファーストゲームでブルム・スカーライトを殺した……という演出をした。だから、シューラが騙《だま》されていても不思議じゃないな」

「あ、あれが、演出……? ですが、イフくんの短剣は間違いなくブルムさんの首を刺していたはずです……ッ! あの状態で生きていられるわけが……」

素直に疑問を口にするシューラ。

その横では、聖剣の女神が話の行方を黙って傍観している。

それと、離れた場所に避難したまま、イデアもまた静かに俺たちの様子を眺めているの

だった。

「そうだな、せめてこれくらい教えといてやるか。……でも、その前に一つ質問だ。俺はファーストゲームでシューラにも怪我《けが》をさせただろ。あれ、どうやって治したんだ？」

聖剣使いの勇者候補の正体を知る直前、俺はシューラの肩に傷を負わせていた。

だが、俺が次にシューラと再会したときには、既にその怪我が治っていたのを目にしている。きっと当の本人も、それは覚えていることだろう。

『俺が刺した肩の傷、大丈夫だったか？』

『ええ、まあ。上級ポーションを使えば直ぐに治りますから』

──あのとき、そんなやり取りをしていたことを。まさしく、それが答えだ。

「ま、まさか、イフくんが刺した傷を上級ポーションで治したというのですか……!?」

「ああ、その通りだ」

「でもそんなこと、あり得ませんよ……！　イフくんはあの直後に気絶していて、ポーションを使うタイミングなんてありませんでした！　もちろん、自分でポーションを使ったり、誰かに使ってもらったりしている様子も、絶対にありませんでした……！」

当然、この認識も間違ってはいない。

ましてや、あの場面で不審な動きをする人物が居れば、明らかに目立ってしまう。

出来ることがあるとすれば、せいぜい〝死んだフリ〟くらいだろうな。

「氷のスキルを使うくせに、察しが悪いじゃねぇか。……要するに、あのとき俺がブルムの首を貫いたのは、上級ポーションを凍らせて生成した氷の短剣だったんだよ」

「なっ……⁉」

目を丸くするシューラに、俺は説明を続ける。

「喉を刺した短剣は、スキルを解除すれば液体のポーションに戻って傷を癒やす。酷《ひど》い出血だったから、傷口が塞がってても目立たなかっただろ。そういうトリックだ」

「ということは、二人は初めから……」

「そうそう。僕たちはグルだったってことだね。あっはは」

ブルムは悪戯っぽく笑ってみせた。

ったく、こっちは家族を刺した不快感でそれどころじゃなかったってのに……

何か一つでも間違えば、本当にブルムが死んでいてもおかしくなかったのだ。俺としても気が気ではない。

思い返せば、ライビア王国に到着して直ぐの頃。

ブルムと再会した俺は、勇者選抜試験の裏側を聞かされた。だからこそ、『勇者になってはいけない』とも言われた。そして、ブルムが勇者ゲームの運営から試験官を依頼されていたことも知り得た。

しかし、それでも尚《なお》、勇者選抜試験に挑むのであれば、ある計画に加担してほしいとブルムから頼まれる。そして、その計画実行の為《ため》には、どうしても上級ポーションを買う必要があった、という経緯だ。

「〈爆炎の勇者〉が生きている理由は分かりました。ですがイフくんは、どうしてそんなことに加担したのですか……？」

真正面から俺たちを見据えるシューラ。その表情は真剣そのものだ。

「魔王への復讐《ふくしゅう》と、勇者ゲーム運営委員に対する復讐だよ。キミだって知ってるでしょ？　運営殺しの話。あれ、犯人は僕とイフくんなんだ」

「ッ…………！」

淡々と語るブルムの言葉に、シューラが息を呑《の》んだのが分かった。そして、悲しみに揺れる瞳で俺を直視してくる。

「キミだって勇者ゲームの反対派なんだから分かるよね。僕が挑んだ勇者選抜試験はまだプロトタイプだったけど、同じような殺し合いを強要されたよ。仕方なく友達を殺したことだって何度もある」

「ではやはり、あなたも殺し合いは不本意だったのですね……」

「皇女殿下に言わせれば、その中途半端《ちゅうとはんぱ》な甘えが失敗作の英雄を生んだ要因だったらしいけどね。まったく、勝手な話だよ。どうせやるなら、しっかり僕の心を殺してくれれば良かったのに……」

そんなふうに愚痴を吐き捨てるブルムだった。その言葉にシューラが問う。

「それで、運営委員に復讐を……？」

「そういうこと。イフくんにはその手伝いをしてもらってるんだ。メルク皇女や、その裏側に居るやつらを全員殺せるように、ね」

俺に視線を向け、純粋に微笑《ほほえ》みながら話すブルム。

確かに、セカンドゲームではイデアたちの隙を見て、俺も弊害になる邪魔な運営委員を殺していた事実があった。

俺たちはもう、とっくに後戻りできないところまで来ていたのだ。

「で、ですが、ブルムさんにはメルク皇女を殺せるタイミングなんて、いくらでもあったはずでは……」

「あ、勘違いしないでね。メルク皇女は他の黒幕を探す手掛かりとして、泳がせてるだけだから。その役目が終わったら、さっさと死んでもらうつもりだよ」

そう話すブルムからは〈爆炎の勇者〉と謳《うた》われた面影など微塵《みじん》も感じられない。純然たる悪を思わせるかのようだった。

数瞬の後、俯《うつむ》きがちにシューラが俺に問う。

「イフくんは……勇者に、なりたいんですよね……？」

「ああ」

「でも、運営委員を殺しました……」

「そうだ」

「だったら、それは矛盾していると思いませんか？　勇者ゲームを止めたいのか、勇者ゲームの駒を進めたいのか……。イフくんは、いったい何を求めているのですか？」

きっと、俺たちは分かり合えない。シューラもそれは感じているはずだ。

でも、それでも、歩み寄ろうとしている。

それが正しい勇者の姿だと信じて……

「俺が勇者になりたいのは、魔王を殺す為だ。その為に勇者ゲームが必要なことは理解している。だが、そのすべてを肯定しているわけじゃない」

「というと……？」

「きっと、この勇者ゲームという過《あやま》ちは何度でも繰り返される。人族が力を求める限りな。そうならない為にも、俺たちがすべてを終わらせるんだ。現代魔王を殺して、勇者ゲームも今回で最後にする。……矛盾してるように聞こえたか？」

「……はい、私にはそう感じます。真に人族のことを想《おも》うのであれば、初めから勇者ゲームになど頼るべきではありません」

シューラの言う理想論は尤《もっと》もだ。

だが、勇者ゲームで〈爆炎の勇者〉という史上最強の勇者が誕生したのもまた事実。

「べつに理解してもらおうだなんて思ってねぇよ。俺たちの考えは平行線だ」

「で、ですが、分かり合う為にしっかり話し合えば――」

すると、聖剣の女神が片手を上げて制し、シューラの言葉を遮った。

「もうよい。こんな茶番には飽き飽きだ。なんであれ、こいつが悪であることに変わりはない。断罪の続きと行こう」

成り行きを見守っていた聖剣の女神が口を挟み、揺るがぬ敵対の意志を示す。

宙に浮いた無数の聖剣が、再びこちらに切っ先を向けてきた。

それを見たブルムが口角を上げ、ロングソードを構えて言葉を続ける。

「あっはは！　いいね、そうこなくちゃ。僕も愛弟子《まなでし》を傷つけられて、良《い》い気分はしなかったんだ。イフくんを傷物にしていいのは、僕だけだからね！」

「おま、なんか言い方が悪いな……」

たぶん、稽古で面白がって俺をボコボコにしていたことを言っているのだろう。お陰様で強くはなれたが、思うところがないわけじゃない。

「イフくん、まだ戦えるよね？」

「無理。魔力も切れて毒もしんどい」

「じゃあ大丈夫そうだね。いつもの特訓と同じような状況だし」

それは特訓じゃなくて、もはや虐待なんじゃないだろうか。

さっきまでブルムを大事な家族だと思い込んでいたが、やはり考え直すべきではないかという疑問が浮かんできた。

まあ、今はそんなことよりも……

「じゃあせめて、それ使わせてくれ。魔力切れで戦えるような相手じゃねぇから」

俺はブルムの腰に下げられた、もう一本の長剣を指さしながら言った。

長く幅広い刀身に、漆黒のグリップと鍔《つば》のついたロングソードだ。

「イフくん、ホントにこれ使う気なの……？」

「じゃなきゃ死ぬだろ」

「……分かった。でも、絶対に死なないでね。それで、僕にしっかり介抱させること。約束できる？」

「まあ、せいぜい善処するよ」

「よろしい。それじゃ、使いなよ。死なない程度にね……！」

鞘《さや》ごと腰から剣を抜き、俺に向かって差し出してくるブルム。

それを受け取り、ずっしりとした重量を感じながら俺は鞘から刀身を引き抜いた。

そして……

黒鉄《くろがね》のような刀身が露《あら》わになると、身体《からだ》の奥底から膨大な魔力と異物感のような不快さが全身を駆け巡った。

激しい血の流れや心臓を摑《つか》まれるような脈動を感じながら、薄暗くなる視界の意識を必死に保って気を強く持ち続ける。

この凄《すさ》まじいまでに身を蝕《むしば》む魔力こそが、俺の勇者の印の原初だった。

「魔王の邪剣だと……⁉　お前が何故《なぜ》そんなものを……ッ！」

真っ先に反応したのは聖剣の女神だった。

さすが聖剣に宿る神様だけあって、こいつにも詳しいみたいだな。

「邪剣クロノス――まあ、色々あって魔王城からパクって来たんだよ。魔族に攫《さら》われていた間になんやかんやあってな」

と、そんな雑な説明をしておく。

細かく話すと長くなるからな。

それに、聖剣に選ばれた勇者が居るくらいだ。

なら、邪剣に選ばれた勇者だって居るだろ。

「フフフ……、ハハハハハッ‼‼　そうか、ならば余計に都合が良いというもの。邪剣に適合《あ》できるのは悪しき存在のみ。これで心置きなく命を奪えるというものだ……ッ！」

浮遊した何本もの聖剣が、確かな殺意で以《もっ》て俺に迫りくる。

が、瞬時にそれを弾《はじ》き飛《と》ばしたのはブルムの長剣だった。

「兄妹喧嘩《きょうだいげんか》に他人が割り込むのは野暮でしょ。それに、僕たちは勇者ゲームの参加者ですらないんだ。なら、部外者は部外者同士でやろうよ」

余裕そうな笑みを浮かべたブルムが、聖剣の女神に肉薄してロングソードを振り抜いた。

それによって、女神は斬撃を避けながら後退。

煩わしそうにしながら、しかし何ということのない口調で続ける。

「……よかろう。ならば、邪剣使いはシューラに殺させるとしよう」

「ま、待ってください、ヴィヴィ……ッ！　私はイフくんと戦いたくは——な……っ⁉

ど、どうなって……⁉　身体が勝手に剣を……ッ⁉」

突如、シューラは全身を酷く震わせながら聖剣を構えた。

「あああああああああああああ、ああああああああああああッッッ――‼‼」

悲痛な叫び声が部屋中に響き渡る。

な、なんだ……？

明らかに様子がおかしい。シューラの身に、いったい何が起きて……

「う、があ……あああああッ‼‼　う、ヴィヴィ……あなた、ですか……？」

苦しそうに呻《うめ》きながら、シューラは聖剣の女神に視線を向けた。

「ああ、そうだ。だが、私は少し背中を押してやったに過ぎない」

「わたしに……な、にを……⁉」

「安心しろ。意識を完全に乗っ取る気はない。抑圧された心を解き放つだけだ。お前の罪悪感はすべて私のせいにすればいい――」

直後、ブルムがまた目にも留まらぬ速さで、女神に向かってロングソードを薙《な》ぐ。

気づけば、それはヴィヴィの身体を深く切り裂いていた。

「これ以上、イフくんの邪魔はさせない……！　神様だろうと何だろうと、僕が殺してあげるよ」

「残念だが、人族に我々の存在は殺せぬ。故に、どれだけ古き勇者が強かろうが、いずれ敗れるのはお前の方だ」

見ると、ヴィヴィの身体は直《す》ぐに再生し、傷痕すらなくなっていた。

神だか妖精だか知らないが、やはり超常の者であることは間違いないようだ。

「ふーん、そっか。でも、キミだって魔力は無限じゃないよね。……イフくん、そっちが片付くまで、僕はいくらでも時間を稼いであげる。だから、任せたよ」

余裕綽々《よゆうしゃくしゃく》といった表情でブルムが笑った。

すると、聖剣の女神と〈爆炎の勇者〉は剣を交え、俺たちのことなどお構いなしに、二人の激闘が繰り広げられる。

……にしても「任せたよ」、か。

きっと、ブルムも俺と同じ考えに至ったのだろう。

この戦いはシューラを殺すことで終幕する、と。

それなら、俺がやるべきことは――

「……俺たちの戦いにも決着を付けよう。どうせ、お前だってもう毒が廻《まわ》ってんだろ。何にせよ、生き残れるのは片方だけだ」

「イフ、くん……。……ダメ、私は……戦いたくない、のに……、このままじゃ……！」

俺が邪剣を向けると、シューラは苦悶《くもん》と逡巡《しゅんじゅん》の表情で呟《つぶや》いた。

こんな決着は、あいつも望んでいなかっただろう。

だが、着実に毒は身体を蝕んでいる。

タイムリミットは僅かだ。

だから、ここで互いの正義をぶつけ合うしかない。

「聖剣に選ばれた勇者なんて、旧世代の象徴みたいなもんだろ。お前は新世代の勇者には相応《ふさわ》しくない。……俺が新しい勇者として、お前を否定してやる」

シューラが正気に戻るのを待ってやる余裕はない。

邪剣を低く構え、俺は切り込むタイミングを見計らう。

すると、やがて——

「……はは、ははははは。イフくん、私にも決心がつきました。あの頃のイフくんは、もう居ないのですね。それなら、私が終わらせてあげます。ダメな兄を止めてあげるのは、妹の役目ですから……っ！」

目尻に浮かんだ涙を拭い、そしてシューラは本音を語るように告げた。

泣き腫らした目で、痛々しい笑顔を必死に取り繕いながら、シューラは俺を見つめる。

そうか……。

これが解放された本当のシューラの気持ちなら、俺もそれに応えるまでだ。

邪剣を構え直し、目の前の聖剣と相見《あいまみ》える。

これは、お互いの正義の重さだ——

「俺は勇者になって、魔王を殺す‼‼　どんな犠牲を払ってでも……ッ！」

「私は勇者として、正義を貫きます‼‼　今は道を外れようとも……ッ！」


シューラが聖剣を高く振り上げる。

すると、天井を穿《うが》つような光の柱がシューラの身に降り注いだ。

それはファーストゲームでブルムに放った必殺の一撃。

あのときの光で間違いないだろう。

間違いなく、シューラは決着をつけるつもりだ。

「この一撃で、終わらせます……！　イフくん……ッ‼‼」

聖剣が振り下ろされようとした。

眩《まばゆ》い光の衝撃波が、周囲を覆っていく。

白く、白く……

完全に視界が奪われる。

どれだけの時間だったかは定《さだ》かではない。

やがて、視界から光が霧散する。

――だがシューラの聖剣は、振り下ろされていなかった。

俺が聖剣の〝時間を止めた〟から。

邪剣の能力で無尽蔵な魔力を有した俺に、その剣が届くことはない。

「そんな、なぜ……っ⁉」

「時間凍結。それが、俺の本当のユニークスキルだ」

シューラの聖剣に片手で触れながら、俺はそう言い放った。

「じ、時間を、止める能力……？」

うわ言のように呟くシューラ。

同じスキルはこの世に二つとして存在しない。それは、この世界の絶対的ルールだ。

であれば当然、俺とシューラのユニークスキルが同じものであるはずがない。

「いつだったか、シューラの予想していた通りだ。俺のスキルは時間凍結を応用していたに過ぎない。空気中の分子の動きを止めることで絶対零度を作り出し、氷を操るスキルを再現していた。小さい頃に見た、お前のスキルを模倣してな……」

俺の時間凍結スキルは、邪剣クロノスから得た魔族の魔法だ。

間接的でも触れた物質の時間を、一時的に止められる強力なユニークスキル。

例えば、ゴーレムの機能を止める。

例えば、水溜《みずた》まりの分子運動を止めて氷で足を滑らせる。

例えば、纏《まと》った装備を時空間ごと止めて持ち主の身動きを封じる。

生物には適応されず、効果範囲も限られているが、そんなウィークポイントが気にならないくらいには破格のスキルであろう。

俺はそのユニークスキルを使い、氷属性のスキルを模倣していたに過ぎない。

温度とは、要するに分子の運動エネルギーのことだ。その動きを止めることで、物質の熱は奪われる。雑に説明するとそんなところか。

まあ、厳密には魔力やそれに付随するイメージの概念なども影響するので、正確ではないのだろうが。

「だったら……ッ！」

空間ごと宙に止められた聖剣を手放し、シューラは俺と距離を取りながら氷の槍《やり》を顕現させる。そして、それを俺に向けて放ってきた。

投擲《とうてき》された槍を見ながら、俺は聖剣を地面に落として能力のターゲットを変える。

「無駄だ、シューラ。聖剣から攻撃方法を変えたところで意味はない」

空いた左手で氷の槍に触れると、やはりピタリと空中で時間が止まった。

「それでも……！　私は……！　負けるわけには……ッ！」

次々と氷の槍を生成し、俺に投擲を続けるシューラ。

何度やっても同じことだ。

槍の一部が俺に触れた瞬間、それは時を止める。

何度でも、何度でも……

さて、幕引きだ。そろそろ終わりにしよう。シューラとは、ここで本当にお別れだ。

「クロノス。俺に力を――」

「だ、ダメです！　師匠ッッッ!!!!」

不意に、後方からイデアが声を上げて駆け寄ってきた。

が、もう遅い。

何もかも。

「今さらだ。俺はシューラを殺す。どの道、生き残れるのは一人――」

「そうじゃないです！　これ以上、師匠が魔力を使ったら……！」

「――――ッ！　そういうことかよ……！」

これは、イデアの直感だ。

言い換えれば、それは死の宣告。

心当たりがないわけじゃない。シューラは、それを狙って……

「それだけ強力なスキルです。きっと、魔力の消費も膨大でしょう、イフくん」

いつの間にか、地面に落ちた聖剣を拾い直して、シューラは構えていた。

なるほど、さすがだな……

俺の時間凍結は魔力消費が激しく、一日に六回までしか使えない。

今の俺には邪剣の力でほぼ無尽蔵な魔力があるが……、そんな都合の良《い》い能力に代償がないわけがない。

邪剣の力は、間違いなく呪いだ。

「師匠ッ！　もう、これ以上は絶対に……！」

「ああ、分かってる」

手元にある切り札すら使えない。

そんな状況だ。

それでも、俺は……

「――終わりです。イフくん」

気づけば、聖剣を振りかざすシューラの姿が目の前にあった。

まさか、その接近にすら気づけないなんてな……

俺の意識は、既に朦朧《もうろう》としているらしい。

死神の足音でも聞こえるようだった。

聖剣の切っ先を見つめ、俺は最後に目を見開いて邪剣を強く握りしめた。

そして──

「かはっ……」

剣が胸を貫いた。

血を吐き出し、これ以上ないくらいの不快感を訴える。

──シューラの、命の脈動が止まろうとしていた。

「な、んで、スキルを……！」

それを一瞥《いちべつ》するシューラ。

聖剣は俺に触れているが、空中で時間が止まっていた。

「なんの代償もなしに、お前を殺せるかよ……。これが、俺の覚悟と最後の力だ……」

俺を見つめる眼《め》は、どんどん光を失っていく。

それでも尚《なお》、シューラは笑みを浮かべた。

最後の、微笑《ほほえ》みを。

「はは……、負けちゃいましたね……。イフくん、約束です……。必ず、勇者になって、世界を救ってください……」
「ああ、約束だ……」
しっかりとシューラの身体《からだ》を腕に抱く。
俺の手から邪剣が零《こぼ》れ落《お》ちる頃には、シューラは絶命していた。
ごめん……
そんなことを言ってやれる立場にないのは分かっているが、それでも心に後悔は募る。
きっと、この後悔がある限り、俺が邪剣に呑《の》まれることはない。
魔王を殺す、その時まで。
いや、その先も一生……
俺は愛する妹を殺した罪を背負っていく。
「バカな、シューラが……！　聖剣の勇者が敗れたのか……!?」
ブルムと激闘を繰り広げていた聖剣の女神の身体が光になって消えていく。
聖剣の主《あるじ》を失ったことで、その身体を維持できなくなったのだろう。
淡く、儚《はかな》く、消滅していくのだった。
そして、戦いが終わった。
終わった、のか……

シューラ……

「イフくん、泣いてるの……？」

俺の元に戻ってきたブルムが、心配そうに問うた。

「自分でも、よく分かんねぇんだよな……。運営委員を殺して、わざと氷スキルの痕跡を残して……。シューラを殺した後、その罪を擦《なす》り付《つ》けるつもりだった。なのに、俺が真っ先に殺したのは別の三人だった……」

自分自身の行動に矛盾があったことで、心の揺らぎを感じていた。

もともと俺の能力を隠す為《ため》に、隠《かく》れ蓑《みの》として氷のスキルを選んだのは、それがシューラのユニークスキルだったからだ。

妹が勇者選抜試験に参加しているはずがない。だからこそ、この偽装は他人のユニークスキルと被《かぶ》ることがなく、怪しまれることもない。

……そのはずだったのに。その思い込みが、大きな誤算だった。

シューラが勇者選抜試験に居たことで、俺の偽装計画は狂い出した。だから、今後不都合な情報が出る前にシューラを殺す計画を立てたのだ。

すべては合理的な判断。

計画通りだったはずなのにな……

「そっか……。あれは、そういう意味だったんだね。正直、驚いたよ。僕以外に運営委員を殺すとしたら、きっとイフくんだけだろうし、氷スキルの痕跡まで残すんだから」

努めて明るい口調で話すブルム。

どうも、気を使わせてるみたいだな……。柄にもないことをさせてしまったようだ。

「俺たちの復讐《ふくしゅう》……、絶対に成し遂げような……」

「もちろんだよ。これ以上、勇者ゲームは続けさせちゃいけない。でも、魔王は倒さないといけない。だから、これが最後の勇者ゲームでないといけないんだ……！」

力強く頷《うなず》くブルム。

俺もそれに応えようと――

「ぐッ……、ぁ……がはっ……ッ‼‼」

「い、イフくん⁉」

喉の奥から唐突に込み上げてきた血を吐き出すと、足元に血溜《ちだ》まりが出来上がった。

クソッ……。やっべぇな、これ……

毒の影響もあるのだろうが、何より邪剣の力を行使した代償が大きい。

これも所詮、人族が扱える代物じゃなかったようだ。

「イフくん、大丈夫なの……？　安静にしてなよ」

「はぁ、はぁ……。心配すんな……、俺が死んでいいのは、魔王を殺してからだ……！」

シューラとも、約束したからな。

それまでは死んでる暇もねぇよ……

「し、師匠……！　これ、解毒《げどく》剤ですっ！」

「ああ……」

ずっと静かに様子を見ていたらしいイデアから解毒剤を受け取り、吐き気を無視して無理やりそれを飲み込む。

そういや、こいつも居たんだったよな……

なら、目撃者は殺さ、ないと……、シューラを殺した俺に、もう迷いなんて……

俺が意識を保てたのは、そこまでだった。

気づけば、視界は黒。

身体から力が抜け、何も考えられなくなる。

確かなことは、一つだけだ。

この辛《つら》く激しい痛みが、生きていることを告げ、死ぬことを許さない。

エピローグ　行方

俺が再び目を覚ましたのは、勇者寮の自室だった。

暫《しばら》くぶりに瞼《まぶた》の裏で光を感じ、ゆっくりと目を開ける。

すると、ベッドの脇には俺の髪を撫《な》でつける優しい表情をしたショートヘアの少女が傍《そば》に居た。

「おはよ」

「ブルム……？」

「そうだよ～。イフくんのお姉ちゃんだよ」

そ、そうか……

なんだか、めっちゃ適当なことを言われた気がするが一旦置いておくとしよう。こっちには反応してやるだけの元気もない。

「あれから、どれだけ経《た》った？　サードゲームは……？」

「イフくんが寝てたのは一日だけ。サードゲームは無事にクリアしたよ。おめでと」

そう、簡潔に説明してくれるブルム。

言葉としては分かるが、意味として呑み込めるまで頭が回っていないようだった。

何より他にも確認しておかねばならないことが、たくさんあったはずである。

でも、現状の疲弊では、それもままならなく……

「あっ、師匠‼‼　目が覚めたんですね！　おはよーございます‼‼」

う、うるせぇ……

頭にガンガン響く……！

こいつ、さては俺にとどめ刺そうとしてねぇか……？

そうして部屋の扉の方から、とてとて歩く足音が聞こえてきた。

金髪を揺らしながら、少女がこっちに近寄ってくる。

「ホントに死んだかと思って焦《あせ》りましたよ～。でも、さすが師匠ですねっ！　しぶといですっ……っ！」

「いちおう確認だが、褒めてんだよな、それ……？」

「もちろんですっ！」

枕もとで、無駄に元気そうなイデアが軽快に笑った。

いや、それにしても……

思うところがあって、イデアとブルムに向かってそれを言葉にした。

「イデアも生きてたんだな。てっきり、ブルムに殺されたものだと思ったけど……」

「へ……？」

呆《ほう》けた声で首を傾《かし》げるイデア。

こいつは俺たちの計画の事情を知ってしまったのだ。

であれば、運営委員たちのように始末されていても不思議ではない。

そう思っていたのだが……

すると、ブルムがベッドの横から立ち上がって事情を口にする。

「まあ、妹が死んだ後だし、これ以上イフくんの心に負担を掛けるのはどうかと思って。殺していいなら殺すけど……？」

「いいぞ」

「じゃあ殺すね」

「ま、待ってくださいよ⁉　そんな軽いノリで殺されたくないですぅ⁉」

その場から飛びのくイデア。

もっと大事な存在が消えた後だし、正直こいつの命なんてどうでもいい。

むしろ、運営委員を殺した犯行を知られてしまった以上、さっさと殺した方がいいに決まっている。

だが、ブルムはそうしなかった。

きっと、そこに何かしら本当の理由があるはずだ。

俺はベッドから立ち上がり、そしてブルムを一瞥《いちべつ》して言った。

「まあ、冗談はこの辺にしておくか。……んで、ブルム。なんで殺さなかったんだ？」

「イフくんが気絶してる間に利用価値を見出《みいだ》したから、かな」

「利用価値……？」

「その辺はまた今度話すよ。とにかく、この子には共犯になってもらうことにしたんだ」

ふーん、そうか。

ブルムがそう決めたのなら、俺に反対する気はない。

それに何より、もし同室者が不審死でもすれば、今度こそ俺たちの犯行が明るみに出かねないだろう。

「あ、あの～、私に拒否権は……？」

おずおずと片手を挙げながら問うイデア。そんなの聞くまでもないだろうに。

「死ねば協力しなくて済むよね。あっはは」

「はぁ……、だと思いましたよ……。まあいいですけどね。私は師匠の弟子ですから、元より師匠に付いて行くつもりでしたし」

と、そう言い切るイデアだった。

すると、その言葉を聞いたブルムが思い出したように俺を見て、矢継ぎ早に問うてくる。

「そういえば、イフくん。僕はキミが勇者になると思って、勇者ゲームの参加を黙認してあげてるんだからね？」

「お、おう……」

「事情は聞いたけど、女の子と二人きりで同室だなんて僕は認めないから。しかも、師弟プレイは僕だけの特権だと思ってたのに……！」

「プレイとか言うな」

「ってことで、僕もこの部屋に住むことにしたから。また前みたいに一緒だね、イフくん！」

「あ、あの、俺に拒否権は……？」

おずおずと片手を挙げながら問う俺。そんなの聞くまでもないだろうに。

「死ねば協力しなくて済むよね。あっはは」

「はぁ……、だと思ったよ……」

所詮、俺たちが〈爆炎の勇者〉に逆らえる道理などないのだ。運命だと思って受け入れるしかないだろう。

それに俺としては、もちろんブルムのことは嫌いじゃないし、むしろ……まあ、それはいいとして。また、こうして家族と一緒に過ごせるのは喜ばしいことだ。

だがその反面、また特訓と称していじめ抜かれるのはちょっと勘弁してほしい。そんな気持ちがあることも確かだ。感情ってのは、複雑で厄介なもんだな……

「そういや、聖剣の行方とかどうなったんだ？」

話を切り替える先の話題として適当なのかは分からなかったが、いずれ聞くことだと思って俺は問うた。

するとブルムが真面目な表情で答える。

「あのあと、また僕が運営委員に変装してライビア王国に返還しておいたよ。運営殺しの犯人がシューラだって提言してね」

「そんな簡単に信じてもらえるものか……？」

「うーん、どうだろうね。でも、運営の僕がシューラに襲われたことにして報告したよ。そこに居合わせたイフくんに、助けてもらったって筋書きで」

「そうか……」

説得力としてはイマイチかもしれないが、これも致し方ない処理だろう。

それに、ブルムはまだ運営委員に潜入しながら暗躍する気のようだ。

そうなれば、運営殺しの事件はまだ続くことになる。そのとき王国側は、どんな判断を下すのか……

それは分からないが、きっと真犯人がシューラでないことは、やがて暴かれるだろう。

いつか、そう遠くない未来に、な……

「あの、師匠は……妹さんが居なくなってどう思っているんですか……？」

戸惑いがちに、でもしっかりと真意を確かめようとイデアが俺に問うのだった。

シューラが居なくなって、俺がどう思っているのか。

言ってしまえば、すべては計画通りに事が運んだことになる。

だが、それでも……

「どうだろうな。でもまあ、せいぜい後悔しながら生き続けるつもりだ。俺が勇者になって、魔王を殺すまで――」

俺は視線を上げ、イデアとブルムを見つめながら言葉を続ける。

「――だから、俺の共犯になってくれ。この勇者ゲームをクリアする為《ため》に」

そんな最低のセリフに、二人は確かに頷《うなず》く。

「はいっ、師匠！」

「うん、任せてよ。イフくん！」

いつか、俺は魔王を殺す。

それがシューラたちを殺した罪を償う為の、唯一の方法だろうから――

そして、いつか俺が死んだときにでも、あの世でシューラに断罪してもらうのだ。

現世が平和になった、そのあとで……

やがて降誕するであろう〝新世代の勇者〟こそ、真の英雄でなくてはならない。

それは、偽りの希望を本物に変える存在だ。

これまでの戦いで失った、同胞たちの犠牲を無駄にしない為にも。

――これは魔王を討つべく殺し合った勇者たちの物語だから。

あとで読んでほしい『あとがき』

（※本編の致命的なネタバレは避けますが、最後に読んで頂くことを推奨しております）

初めまして……いえ、お久しぶりでしょうか、進九郎《しんくろう》です。

お久しぶりの方は二年ぶりですね。いかがお過ごしでしょうか。私は二リットルのバニラアイスにチョコスプレーをかけて食べながら、このあとがきの内容を考えています。

さて、勇者候補生たちのデスゲームは如何《いかが》だったでしょう？　なんであれ読者様の感情を揺さぶることが出来たならば幸いです。いくつか驚いてもらえるような展開を考えたつもりですが、やはり一番の見せ場は後半のあれかと。皆様が気持ちよく騙《だま》されていたら嬉《うれ》しいのですが……まあ、そこは信じるしかありませんね。色々と細かな伏線を鏤《ちりば》めてありますので、もしよければ探してみてください。

また、前作の『デスゲームで救《すく》ってくれたから、私《わたし》をあなたの好《す》きにしていいよ』とは違って、本作ではしっかりデスゲームをしました。もしかしたら、この結末に忌避感を持った方も居るかもしれません。私としましても、この勇者ゲームを悲しいだけの物語で終わらせたくはないので、よろしければSNSに感想をあげたりして続刊の応援などして頂けると進九郎が泣いて喜びます。あと、本編に見覚えのあるキャラが居たら是非教えてください。

では、謝辞の方へ。

AIKO様。実はこれを書いている段階では、まだ表紙とキャラデザのラフしか拝見していないのですが、ハイセンスのデザインと圧倒的な画力に脱帽しております……！　イフとシューラ、兄妹《きょうだい》のデザインが特に好きです！　本当にありがとうございます！

担当K様。またしても、お世話になりっぱなしでした。本作の根幹となるアイディアを提案して頂いたこと、またタイトルをつけて頂いたことなどなど……、どれも天才的な采配でした！　そもそもK様が担当編集でなければ、ファンタジア文庫でデスゲームなんて書けなかったことでしょう。圧倒的感謝……ッ！

他にも本作に関わってくださった方々、我が弟と妹、それから友人たちにも感謝の念に堪えません。あと、いつも飲み会に付き合ってくれている某先生方、これからも進九郎くんのメンタルケアをどうぞよろしくお願いします。

そろそろページも埋まりましたので、私は自分のデスゲームに戻ろうと思います。アイスの食べ過ぎで腹が……っ！　では、また皆様とお会いできることを祈っております。

富士見ファンタジア文庫

正《ただ》しい勇者《ゆうしゃ》の作《つく》り方《かた》

令和6年6月20日　初版発行

著者――進九郎《しんくろう》

発行者――山下直久

発　行――株式会社KADOKAWA
〒102-8177
東京都千代田区富士見2-13-3
0570-002-301（ナビダイヤル）

印刷所――株式会社暁印刷

製本所――本間製本株式会社

ISBN978-4-04-075501-4 C0193 ◇◇◇

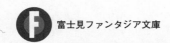

ティナ
四大公爵家の
ひとつ、ハワード家に
生まれた公女殿下。
なぜか誰でも扱える
程度の魔法すら使う
ことができない。
変えるはじめましょう
アレン
公爵令嬢ティナの
家庭教師を務める
ことになった青年。魔法
の知識・制御にかけては
他の追随を許さない
圧倒的な実力の
持ち主。
発売中!

騙しあい。

各国がスパイによる戦争を繰り広げる世界。任務成功率100%、しかし性格に難ありの凄腕スパイ・クラウスは、死亡率九割を超える任務に、何故か未熟な7人の少女たちを招集するのだが――。

シリーズ
好評発売中！

ファンタジア文庫

切り拓け！キミだけの王道
ファンタジア大賞
原稿募集中！
賞金
《大賞》300万円
《金賞》50万円
《銀賞》30万円
選考委員
細音啓「キミと僕の最後の戦場、あるいは世界が始まる聖戦」
橘公司「デート・ア・ライブ」
羊太郎「ロクでなし魔術講師と禁忌教典《アカシックレコード》」
ファンタジア文庫編集長
前期締切 8月末日
後期締切 2月末日
公式サイトはこちら！ https://www.fantasiataisho.com/
イラスト／つなこ、猫鍋蒼、三嶋くろね